Rudik
l'autre Noureev

Essais

Avec Freud au quotidien, Grasset, 2012.

Psychanalyse de la chanson, Les Belles Lettres, « L'Inconscient à l'œuvre », 1996; Hachette Littératures, « Pluriel », 2004.

Pas de fumée sans Freud : psychanalyse du fumeur, A. Colin, « Renouveaux en psychanalyse », 1999; Paris, Hachette Littératures, 2002.

Évitez le divan : petit manuel à l'usage de ceux qui tiennent à leurs symptômes, Hachette Littératures, 2001.

Chantons sous la psy, Hachette Littératures, 2002.

Romans

La Petite Robe de Paul, Grasset, 2001 ; Le Grand Livre du mois, 2001 ; Le Livre de Poche, 2004; Éditions Libra diffusio, 2005.

Un secret, Grasset, 2004; Le Livre de Poche, 2006. Prix Goncourt des lycéens, 2004; Prix des Lectrices de *Elle*, 2005.

La Mauvaise Rencontre, Grasset, 2009.

Un garçon singulier, Grasset, 2011.

Nom de dieu !, Grasset, 2014.

Philippe Grimbert

Rudik
l'autre Noureev

roman

PLON
www.plon.fr

COLLECTION « MIROIR »
DIRIGÉE PAR AMANDA STHERS

Un écrivain est habité de personnages étranges, méchants, rieurs, sournois, amoureux, lâches ou fous... C'est ainsi, il nous faut cohabiter avec ces gens qui nous forcent à raconter leurs histoires et qui nous transforment lorsque, à coups de plume, nous parvenons à les comprendre et les excuser.

Il arrive que ces personnages aient eu des destins hors du commun qu'ils semblent réinventer en nous. Il se peut qu'ils soient nos doubles insoupçonnés ou le miroir de nos fantasmes ou de nos névroses...

Cette collection a pour ambition de réinventer la vie de grandes figures de l'Histoire, qu'ils soient des artistes, des hommes politiques ou des héros de fiction. En leur donnant une nouvelle vie de personnages de romans, des écrivains de talent vont nous permettre de mieux les comprendre et d'apprendre à les aimer.

A. S.

© Éditions Plon, un département d'Édi8, 2015
12, avenue d'Italie
75013 Paris
Tél. : 01 44 16 09 00
Fax : 01 44 16 09 01
www.plon.fr

ISBN : 978-2-259-21849-8

Pour Aleth, qui l'a connu mieux que moi.

Sur les fresques du Metropolitan Opera, le reflet d'un soleil couchant danse avec les anges de Chagall. Les jets d'eau du bassin apportent leur fraîcheur aux touristes qui s'attardent, et, de temps à autre, la plainte d'un saxophone ou le hurlement d'une sirène ajoute sa note à la rumeur de la circulation.

Reconnaissable entre mille, il avance à pas lents sur l'esplanade du Lincoln Center. Emmitouflé comme au cœur de l'hiver, long manteau et châle aux motifs barbares, il flâne, indifférent au regard des passants qui se retournent sur lui. Sa démarche affirme que la ville est à lui, cette ville qui ne dort jamais et lui a rendu hommage la veille, au cours d'une soirée de gala.

Une femme vient à sa rencontre, une rose à la main. Arrivée à sa hauteur, elle la lui tend, avec un large sourire. Il s'en saisit : il accepte le don de son admiratrice, y condescend plutôt, sans lui rendre son sourire, ni même ralentir son pas. Peut-être a-t-il murmuré un merci, accompagné tout au plus d'un bref coup d'œil, et la femme le regarde s'éloigner vers l'entrée des artistes, tenant du bout des doigts la rose qu'elle lui a offerte. Elle a mis si longtemps à choisir la forme et la nuance de la fleur : est-elle déçue par la brièveté de la rencontre, espérait-elle échanger quelques mots avec lui, ou bien savait-elle que les idoles sont muettes ?

PREMIÈRE PARTIE

À l'époque, j'avais la réputation d'être le confident du Tout-Paris. Exerçant une profession qui impose discrétion et secret, j'aurais pu trouver gênant d'être ainsi catalogué, mais je dois avouer que j'en étais plutôt flatté. Mes finances, autant que mon ego, s'en portaient bien : compte tenu du milieu modeste dont j'étais issu, on pouvait dire que j'avais gravi les barreaux de l'échelle sociale. Le petit Feller vivait maintenant dans les beaux quartiers de la capitale, avait troqué le prénom trop ordinaire de Christian pour celui de Tristan et pouvait s'enorgueillir de recevoir une clientèle de choix.

J'avais en effet pour patients de nombreuses personnalités qui, sitôt passé la porte de mon immeuble, levaient l'écran de leurs lunettes noires pour me révéler un visage inconnu du public. Adolescent, j'étais fasciné par ceux que je guettais à la sortie des artistes, dans l'espoir d'un autographe ou d'un sourire ; c'était maintenant dans leur regard que je lisais attente et inquiétude. Ces enfants douloureux, qui avaient pris leur revanche sur le tapis rouge de la notoriété, revivaient intactes, sur mon divan, leurs premières blessures.

Toujours entourés, c'était pourtant leur solitude qu'ils déposaient chez moi. Elle m'était familière : j'avais sacrifié ma vie personnelle à mon ambition, sans jamais parvenir à établir une relation amoureuse qui durât plus de quelques mois. Si je n'étais attendu par personne quand je refermais la porte de mon cabinet, je l'étais cependant – et avec quelle impatience – par ceux qui venaient me consulter, et que certains fussent des têtes d'affiche ajoutait à ma satisfaction.

Célèbres ou non, je me conformais avec tous aux mêmes règles : ne jamais les voir en dehors de mon cabinet, refuser tout cadeau et, lorsqu'ils me le proposaient, décliner toute invitation à l'un de leurs spectacles. Malgré l'intimité que nous partagions, le seul contact physique entre nous se limitait à une poignée de main. Je pouvais compatir à leur douleur, sourire, ajouter de la chaleur à mon accueil, mais cela n'allait pas au-delà : je pouvais me montrer proche, sans que jamais notre relation dépasse le cadre strict de la séance. De ce point de vue, je pensais être un professionnel exemplaire.

Mais un psychanalyste est avant tout un homme, faillible comme tous les hommes, même si des années de pratique – ainsi que sa propre analyse – sont censées le protéger de certains errements. Il a donc pu m'arriver d'enfreindre les règles de la profession, or parmi les rares circonstances qui me poussèrent à sortir du cadre de la cure analytique, il en fut une plus troublante que les autres.

Il faut dire que la stature du patient qui m'y entraîna sortait singulièrement de l'ordinaire.

Je ne peux pas l'oublier : c'est en décembre 1987 que je reçus le coup de téléphone. Une certaine Livia F. demandait à me parler ; elle se présenta comme une amie intime du patient qu'elle souhaitait m'adresser et me demanda de fixer à ce dernier un rendez-vous, le plus rapidement possible. Impressionné par le nom qu'elle venait de prononcer, je faillis obtempérer mais, au moment de saisir mon agenda, un réflexe salutaire me fit m'enquérir de la raison pour laquelle son célèbre ami ne m'appelait pas lui-même.

— Docteur Feller, je m'occupe de tout ce qui concerne Rudolf Noureev lorsqu'il séjourne à Paris, c'est moi qui lui ai conseillé de vous consulter et il me fait une confiance absolue. Vous pouvez imaginer que son planning est extrêmement chargé et qu'il n'a guère le temps de prendre lui-même ses rendez-vous, alors je ne vois pas bien où est le problème…

Je lui expliquai que je n'avais pas pour habitude de traiter avec des tiers, au regard du caractère particulièrement intime d'une telle démarche, et j'insistai pour qu'il m'appelle.

— Tout cela me paraît bien compliqué, ajouta-t-elle, alors si vous ne souhaitez pas recevoir monsieur Noureev, nous nous adresserons à quelqu'un d'autre, ce qui serait doublement dommage, et pour lui, qui doit vraiment être aidé dans ce moment difficile de sa vie, et pour vous, dont on m'a dit le plus grand bien, qui allez perdre l'occasion de travailler avec un être exceptionnel…

La vibration dans la voix de madame F. en disait long sur l'adoration qu'elle vouait au célèbre danseur, et la façon dont elle avait prononcé « un être exceptionnel » s'était teintée d'une nuance extatique. Un signal que je connaissais bien résonna dans mon esprit, m'avertissant d'un danger familier : ma difficulté à résister à la curiosité, qui m'avait parfois joué des tours. J'étais prêt, je le sentais, à accepter un accroc à mes principes au vu de la notoriété de mon futur patient. La tentation était grande, et il me paraissait évident qu'une attitude rigide de ma part allait mettre un terme à la conversation. Livia F. semblait très déterminée à remettre son précieux ami entre les mains d'un praticien de confiance et beaucoup de mes confrères seraient trop heureux de recevoir un tel patient : je n'allais pas leur laisser cette chance.

— Qu'il vienne demain à dix sept-heures, lui dis-je du ton le plus professionnel et le plus détaché qui soit, pensant que mon acceptation allait me valoir de chaleureux remerciements.

— Je vais voir avec lui si cette date et cet horaire lui conviennent, je vous rappellerai si ce n'est pas le cas.

À plus tard, monsieur Feller, fut sa seule réponse, avant qu'elle ne raccroche, un peu sèchement à mon goût.

J'étais plus impressionné que je ne voulais me l'avouer. Certes, je recevais des personnalités du monde du spectacle, mais il s'agissait là de ma première véritable star, une légende vivante de la danse sur laquelle j'éprouvai aussitôt le besoin de me documenter, ce qui ne m'était pas coutumier.

Que savais-je de lui, au fond ? Ce que chacun savait, lié à quelques épisodes marquants de sa carrière : son fameux saut vers la liberté quand il avait décidé de ne pas rejoindre son pays natal après une tournée en France, le couple mythique qu'il avait formé avec la danseuse anglaise Margot Fonteyn, ses représentations triomphales dans le monde entier, sa prise de fonctions, quelques années auparavant, comme directeur du Ballet de l'Opéra de Paris... et qu'il était considéré comme le meilleur danseur du monde. Ne l'ayant jamais vu sur scène, je devais me contenter de ces informations relayées par la presse, et c'est avec une certaine impatience que j'attendais sa venue.

Après ma série de consultations du jour, je choisis de m'aérer en me livrant à ma promenade préférée, celle qui me faisait traverser la Seine par le pont du Carrousel, empoussiérer mes chaussures sur la grande allée des Tuileries et flâner sous les arcades de la rue de Rivoli. Je me retrouvai ainsi dans la librairie anglaise WHSmith et, attiré par l'image qui figurait sur sa couverture, je me mis à feuilleter un album consacré au

fameux danseur, celui qui fut sans doute le plus photo-
graphié de toute l'histoire de la danse. On le voyait
jouant de la flûte sur un rocher, dans un collant ocellé
de larges taches brunes, incarnant avec une incroyable
animalité le faune du ballet de Nijinski. À ses pieds,
trois nymphes, de profil comme lui, figuraient une
fresque antique.

Ses portraits m'apparurent sous un autre jour : je
découvrais cette beauté sauvage avec un œil neuf, sans
doute aiguisé par la proximité de notre rencontre.
Pommettes hautes, nez fin, lèvre supérieure barrée
d'une cicatrice, je fus frappé par l'insolence de ce visage
sculpté dans l'orgueil et dont chaque trait était un défi
lancé à ceux qui le contemplaient.

Face à la détermination de ce regard, je me surpris à
penser qu'il allait bientôt me falloir l'affronter – c'est le
mot qui me vint – et qu'il ne serait pas simple de le
considérer comme un patient ordinaire, de m'abriter
derrière ma technique pour, débarrassé de son aura,
ne voir en lui qu'un sujet aux prises avec les difficultés
de son histoire personnelle.

C'était pourtant la seule attitude qui aurait dû
s'imposer.

Le lendemain, à dix-sept heures, j'attendais le coup de sonnette qui allait m'annoncer mon célèbre visiteur. À dix-sept heures trente, tapotant sur le cuir de mon bureau, je me demandais comment interpréter son retard, de quelle façon lui en faire la remarque et utiliser ce contretemps comme révélateur d'une attitude générale sur laquelle nous allions réfléchir, lui et moi. À dix-huit heures passées, je ne me posais plus la question : il ne viendrait pas. Ni lui, ni son amie Livia F. n'avaient pris la peine de m'en avertir, et si cet événement avait un sens qui me concernait, c'était hélas celui d'être considéré comme quantité négligeable. On me manifestait d'ordinaire plus d'égards : j'étais froissé, irrité et, il me faut bien le reconnaître, déçu. De plus, je n'avais pris aucun autre rendez-vous en cette fin d'après-midi, pour accorder à mon nouveau patient davantage de temps que je n'en consacrais d'habitude aux premiers entretiens.

Je décidai de m'occuper en relisant un article de mon père spirituel, Freud, dans lequel il évoquait le *contre-transfert,* autrement dit la façon dont le psychanalyste répondait émotionnellement aux affects qu'il provoquait chez son patient. Lorsque, pensivement, je refermai mon livre, je me fis une réflexion troublante : contre toute logique, le contre-transfert en question avait commencé pour moi avant même que mon patient ne manifeste un quelconque signe d'attachement à mon égard, et pour cause. C'est à ce moment que mon téléphone fit entendre sa sonnerie.

— Tristan Feller ? Livia F. à l'appareil. Monsieur Noureev n'a pas pu honorer son rendez-vous d'aujourd'hui mais vous propose de vous rencontrer demain matin…

Ne me laissant le temps de me plaindre, ni de la légèreté de l'attitude de mon futur patient, ni de celle de son intermédiaire, madame F. poursuivit :

— Il pourra être chez vous à neuf heures, avant la classe.

— La classe ? laissai-je échapper, ma curiosité prenant le pas sur mon agacement.

— Oui, la classe. Chaque matin monsieur Noureev prend sa leçon avec monsieur Kalioujny, comme les autres danseurs du ballet.

Je sentis dans sa voix une nuance d'exaspération, due sans doute au fait que je venais de faire preuve d'une évidente ignorance quant au monde de la danse, ne sachant ni ce qu'était la classe, ni qui était ce professeur au nom imprononçable. Je lui demandai de patienter un instant et fis mine de consulter mon agenda, sachant pertinemment que je ne commençais à recevoir qu'à partir de dix heures.

— Par chance quelqu'un vient de se désister. Ce sera donc possible, à neuf heures.

Voilà que je mentais, maintenant. Décidément, les choses s'engageaient de manière étrange.

— Il y sera. Au revoir, docteur Feller.

Après qu'elle eut raccroché, je me rendis compte que je n'avais pas eu droit à un mot d'excuse pour le rendez-vous manqué.

Il était enfin là, devant moi. À neuf heures – dépassées tout de même de quelques minutes – un coup de sonnette impératif m'avait annoncé son arrivée et j'avais pris mon temps pour aller lui ouvrir, dérisoire façon de lui signifier que je n'étais pas aux ordres. Enveloppé d'un long manteau de cuir par-dessus lequel un châle déployait ses arabesques, coiffé d'un béret vert d'où dépassait un fouillis de cheveux rebelles, il me toisait. Sa poigne ferme me broya la main et durant quelques secondes nous restâmes silencieux, en un temps suspendu durant lequel je me sentis jaugé.

Il retira son béret : dépouillé du maquillage que je lui avais vu sur les photographies, son visage m'apparut vieilli, sa chevelure ébouriffée commençant à se clairsemer, l'œil enfoncé, la joue creuse, ce qui ne l'empêchait pas de dégager une incroyable impression de force. Un prince, me dis-je, tandis que je l'invitais à me suivre jusqu'à mon bureau, un prince à l'autorité duquel il ne faudra pas que je me soumette.

La porte une fois refermée il se défit de son châle, de son manteau, et le temps d'hésitation qu'il marqua me fit penser qu'il allait me les tendre, comme il l'aurait fait à une préposée du vestiaire ou à son habilleuse. Je pris soin de demeurer impassible ; scrutant d'un œil inquisiteur l'ensemble de la pièce, il se décida à déposer ses effets sur le divan pour s'asseoir, à mon invite, sur le fauteuil que je lui désignais. Comme il l'aurait fait face à l'objectif d'un photographe, le buste droit, bras sur l'accoudoir, jambes allongées et pieds croisés, il semblait prêt pour une séance de pose.

J'aurais pu, ainsi que je le faisais d'ordinaire, lui poser la question traditionnelle :

— Alors, dites-moi ce qui vous amène...

Mais je choisis d'attendre qu'il prenne la parole. Il continuait de promener son regard sur la pièce, s'attardant sur les meubles et les tableaux comme s'il en estimait la valeur marchande. Poursuivant son inventaire, il s'arrêta sur une gravure inspirée du tableau d'Ingres, *Œdipe explique l'énigme du sphinx,* que j'avais accrochée au-dessus de mon divan pour d'évidentes raisons psychanalytiques. Je comprendrai plus tard que ce ne fut pas tant le contenu éminemment freudien de la scène qui attira son attention, que la silhouette avantageuse du jeune Œdipe nu, le pied sur un rocher, offrant au spectateur son idéal profil grec. Un silence épais pesait sur la pièce, créant une tension palpable dont l'enjeu était de savoir lequel de nous deux le romprait. J'avais décidé que cette initiative ne me reviendrait pas, et, quoi qu'il m'en coutât, je tins bon.

Contrairement à la plupart de ceux qui venaient me consulter pour la première fois, mon nouveau patient ne semblait ni anxieux, ni gêné – sentiments qu'aucun des traits de son visage ne semblait apte à exprimer – mais plutôt dans l'attente d'un signe qui lui permettrait de baisser la garde et d'en venir au fait. Cet instant se prolongea au-delà du raisonnable et le muet dialogue dans lequel nous nous étions engagés aurait pu s'éterniser, troublé seulement par la rumeur de la ville qui bourdonnait sous mes fenêtres.

Je sentis que le moment d'abandon était venu quand un imperceptible relâchement de ses épaules ainsi qu'un discret soupir précédèrent les premiers mots du danseur. Il les murmura, m'obligeant à tendre l'oreille pour ne rien perdre de ce qui allait inaugurer notre rencontre :

— *Ona ne ouznala menya...*

Je compris qu'il venait, comme s'il se parlait à lui-même, de s'exprimer en russe.

Les mots étaient chantants, leur mélodie distillait une véritable tristesse, et sans que je puisse en saisir le sens, ils m'atteignirent comme l'aurait fait une plainte, profonde et sincère, dont la mélancolie envahit aussitôt la pièce. Il allait bien sûr me falloir, tôt ou tard, lui en demander la signification, mais je n'en sentis pas l'urgence, tant il m'apparut qu'il venait, de la façon la plus authentique, dans sa langue natale et du fond de son âme, de me livrer la véritable raison de sa venue.

Hochant doucement la tête, il répéta plusieurs fois cette même phrase aux inflexions douloureuses, comme il aurait fredonné une vieille chanson de son pays d'origine. Sans me regarder, sans même quêter un assentiment de ma part, il sembla s'absenter et n'ajouta rien jusqu'à la fin de la séance. Le silence nous enveloppait de nouveau mais l'essentiel semblait avoir été dit ; la tension du début de la rencontre était retombée et, comme apaisé, le regard lointain, mon patient s'abandonna à une rêverie que je respectai, me gardant bien d'intervenir.

J'ai souvent pensé que ce silence partagé avait décidé de notre engagement commun à poursuivre le travail. J'étais admiratif : tout autre que lui aurait exigé des explications de son thérapeute, une intervention, une remarque ou une piste à explorer pour la séance suivante. Tout autre que lui se serait posé la question de l'intérêt d'une séance où seuls quelques mots avaient été prononcés. Rudolf Noureev, au contraire, paraissait avoir d'emblée compris et accepté la règle du jeu analytique, et mon absence de questionnement avait sans doute constitué pour lui le gage d'une véritable écoute, du respect de la douleur qu'il était venu déposer chez moi, don précieux exprimé dans une langue qui m'était étrangère.

C'est à l'instant où nous allions nous séparer que la situation faillit s'envenimer, lorsque je lui réclamai le paiement de la séance.

— Vous envoyer la note à Livia, elle vous réglera. Elle tenir mes comptes ici, à Paris, me répondit-il dans un français relativement maîtrisé.

C'était le moment ou jamais de me montrer ferme et de ne pas céder sur un principe inaliénable : le patient règle lui-même ses séances et en liquide, de préférence. Je devais tenir bon sur ce point, la suite du traitement en dépendait, j'avais déjà laissé passer trop de choses sur lesquelles je me montrais d'habitude plus intransigeant.

Je n'avais même pas évoqué le rendez-vous manqué de la veille et il était grand temps de me reprendre : j'exigeai donc qu'il m'apportât lui-même le paiement lors de notre prochaine séance, dont je fixai la date. Je choisis en revanche de maintenir l'horaire que m'avait indiqué Livia F., comme étant le plus favorable pour le danseur, avant « la classe ». Il en serait ainsi pour chacune de nos rencontres, ajoutai-je. Je sentis une fureur contenue l'envahir – sentiment que les traits de son visage étaient cette fois on ne peut plus aptes à exprimer –, il inspira longuement et, se maîtrisant au prix d'un effort visible, finit par acquiescer, franchissant le seuil de mon appartement en marmonnant un mot qu'il allait employer de nombreuses fois au cours de sa cure :

— *Pisda !*

Après son départ, je me demandai si le mot *pisda* prononcé par le danseur sur le seuil de ma porte, qui ressemblait davantage à un juron qu'à un assentiment, n'avait pas signé la fin prématurée de notre travail. Mes maigres exigences avaient sans doute paru disproportionnées à celui qui semblait bien plus habitué à commander qu'à obéir. Les jours qui suivirent, je repris mes activités, recevant la cohorte habituelle de mes patients, tous ponctuels et engagés dans leur voyage intérieur, mais régulièrement, pendant que je les écoutais, je me surprenais à me demander si mon illustre visiteur honorerait son prochain rendez-vous.

Il le fit.

À peine installé, il adopta la même pose que la fois précédente, impérial dans un fauteuil où d'ordinaire empêchement et angoisse étaient au rendez-vous, et se plongea dans le même silence, que je me décidai cette fois à rompre pour l'interroger sur le sens de ce qu'il m'avait dit en russe. Il réfléchit un instant, semblant chercher à quoi je faisais allusion :

— *Pisda ?*
— Ce n'est pas à cela que je pensais…
— *Ona ne ouznala menya ?*
— Oui, que signifie cette phrase ?

Il inspira profondément, s'appliqua à en chercher la traduction exacte, hésita :
— *She did'nt recognize me*… Elle ne m'a pas reconnu.

De nouveau, il se réfugia dans ses pensées et son regard, cherchant loin devant lui, sembla balayer une immensité. En quelques phrases il avait déjà employé trois langues, sans doute celles qu'il utilisait le plus fréquemment, parmi nombre d'autres dont il devait connaître des rudiments et qui lui étaient utiles au cours de ses innombrables voyages.

C'était donc la raison de sa démarche, l'événement qui avait provoqué son état dépressif et poussé son amie Livia à s'inquiéter pour lui. Mais qui donc était celle qui ne l'avait pas reconnu ? Je pensais en avoir une idée mais je me dis que la réponse viendrait en son temps. Les rapides mouvements de ses yeux me laissaient penser qu'il revivait une scène pénible, ses paupières tressautèrent à plusieurs reprises, en proie à une sorte de tic nerveux dont je le verrais saisi sur scène, quand, plus tard, il me serait donné l'occasion d'assister à l'un de ses spectacles.

Je tentai d'imaginer ce que pouvait ressentir cet homme pris dans un tourbillon d'activités incessantes,

dont l'emploi du temps, comme me l'avait souligné
sèchement son amie, ne devait laisser à ce bourreau de
travail que très peu de plages vierges. Courant de la
classe aux répétitions, dirigeant une compagnie prestigieuse, parcourant le globe pour honorer ses contrats, il
s'autorisait cette pause, à l'abri de la course du monde.
Une sorte d'arrêt sur image, un retour sur lui-même
dans le calme d'un cabinet parisien, face à un interlocuteur qui n'appartenait ni à la foule de ses admirateurs ni
à celle de ses amis et qui lui proposait une démarche
dont il acceptait implicitement la règle.

Ma rêverie fut interrompue par un murmure ; à
mi-voix il venait une fois de plus de s'exprimer en
russe :
— *Moya mat…*
Il porta la main à sa bouche et caressa machinale-
ment la cicatrice qui ornait sa lèvre supérieure.
— *Moya dorogaya mat…*
Une profonde tristesse s'exprimait dans ces mots,
mais ce n'était pas celle d'un petit garçon blessé, à
l'image des chagrins que nombre de patients revivaient
sur mon divan : aucune larme n'était venue embuer
ses yeux, aucune crispation enfantine n'avait déformé
ses traits, son masque devenu tragique laissait plutôt
transparaître une douleur faite de noblesse et de main-
tien, semblable, je le supposai, à celle des princes qu'il
incarnait sur les scènes du monde entier.
Il soupira et lança dans un souffle :
— Je reviens de Russie…

Rudik, l'autre Noureev

On ne dira jamais assez à quel point, dans la relation analytique, le pouvoir de la parole est décuplé et combien le moindre mot peut engendrer sidérantes prises de conscience aussi bien qu'explosions de violence. C'était un danger dont j'étais pourtant averti, mais la singularité de mon patient me faisait décidément abandonner toute prudence et déroger à mon attitude de retrait habituelle, au risque de déclencher une tempête, ce qui advint quand je me hasardai à poser une question, des plus anodines en apparence :

— Vous retournez fréquemment en Russie ?

Question qui déchaîna aussitôt la fureur du prince, bondissant de son siège et dardant sur moi un œil meurtrier :

— Vous ne savez pas que Russie interdite pour Rudolf Noureev ? Vous ne connaissez pas l'histoire que le monde entier connaît ? Pendant plus de vingt ans mon retour en Russie me valoir sept ans de prison ! Noureev traître, déserteur, sa famille persécutée ! Maintenant seulement Gorbatchev a permis le voyage à Oufa pour voir *moya mat* mourante, vous vraiment psychanalyste ignorant !

Et ponctuant sa tirade, il cracha son mot favori :

— *Pisda !*

C'était la première fois dans le cadre de ma profession que j'essuyais de tels embruns : pour Rudolf Noureev, manifestement, le profane qui ne connaissait ni sa biographie de star, ni l'univers de la danse ignorait tout du monde. Il me fallait réagir au plus vite si je voulais reprendre la main et garder une chance de poursuivre le travail avec mon ombrageux patient.

Le psychanalyste ignorant choisit donc de tirer parti de cette lacune et opposa au déchaînement de son interlocuteur un calme qu'il espérait olympien en lui déclarant que s'il voulait vraiment faire un travail en profondeur, il devait saisir cette chance unique d'avoir affaire à quelqu'un qui en savait si peu sur lui. Il aurait à raconter son histoire comme s'il s'agissait de la première fois, il la verrait ainsi s'éclairer d'une autre manière. Je lui proposai d'y bien réfléchir.

Je le raccompagnai jusqu'à la porte et, constatant que son emportement allait lui faire oublier de me régler, j'allongeai la main, paume vers le haut, pour le lui rappeler. Il souffla par le nez, comme un taureau face à la cape d'un matador, et chercha dans sa poche un billet, qu'au lieu de me tendre il déposa, sans me quitter des yeux, sur la console de l'entrée.

Je pris congé de lui, encore moins sûr de son retour que la fois précédente mais certain, en revanche, que *pisda* n'était pas un mot aimable.

Il m'aurait été facile de me procurer un ouvrage sur Rudolf Noureev pour y découvrir dans le détail les événements majeurs de la vie et de la carrière du grand danseur, mais je résistai à cette tentation. Relatés par lui-même et non par ses biographes, les épisodes sur lesquels il allait mettre l'accent allaient nourrir notre travail.

Lors de la séance précédente, il avait dit « *moya doro-gaya mat* ». Le mot *dorogaya* me demeurait encore opaque, mais je ne souhaitais pas pour autant en chercher la traduction dans un dictionnaire ; le danseur lui-même devait me la fournir. J'avais en revanche compris que « *moya mat* » signifiait *ma mère* et que son récent – et premier – retour en Russie depuis son départ fracassant des années soixante avait pour objectif de lui rendre une dernière visite, ce qui pouvait suffire à expliquer son épisode dépressif. Mais pourquoi confier cette souffrance à un psychanalyste et non à des amis proches ?

Il revint, ce dont je n'aurais pas fait le pari et, de plus, manifestement décidé à donner une autre tournure à nos entretiens. Ayant sans doute réfléchi à ma proposition, il se lança, sans autre forme de préambule, dans le récit de l'épisode qui lui avait valu son incroyable notoriété, mais qui expliquait aussi qu'il soit resté si longtemps sans revoir son pays natal ni pouvoir serrer sa mère, *moya dorogaya mat,* dans ses bras.

Devant moi il revécut cette journée décisive, dans un français approximatif, mais avec une telle intensité que j'eus la sensation de faire partie de l'assistance venue ce jour-là à l'aéroport du Bourget saluer ses illustres visiteurs, en route vers d'autres succès.

La troupe du Kirov, m'expliqua-t-il, venait de terminer sa tournée triomphale en France et devait s'envoler pour Londres. À cette époque les danseurs russes étaient étroitement encadrés, surveillés jour et nuit par le KGB dans la crainte d'une défection qui nuirait à la réputation du régime, autant d'éléments qui excitaient la fibre rebelle du jeune Rudolf. Plusieurs fois déjà il avait échappé à la vigilance de ses gardiens, quittant discrètement son hôtel pour retrouver des artistes français, nouer avec eux des relations amicales et goûter aux nuits parisiennes, ce qui était très mal vu par les autorités de son pays.

Quant au danseur, il avait fait sensation à chacune de ses apparitions et le qualificatif de « nouveau Nijinski » courait sur toutes les lèvres. Autant de raisons pour écarter ce trublion et lui faire au plus vite rejoindre le bercail de l'Union soviétique où l'on saurait lui faire retrouver le sens de la discipline et de l'obéissance.

— Tous les journaux ont raconté cette histoire. Vous vraiment vouloir que je continue ?

Je lui répétai que sa version, et non celle des journalistes, était celle que je souhaitais entendre. Curieusement, il ne se fit pas prier ; ses yeux se mirent à briller et la tonalité de sa voix, lyrique, m'évoqua celle d'un conteur détaillant un récit légendaire, ce qui éveilla chez le psychanalyste davantage de suspicion que de crédulité.

— Ils ont dit : « saut vers la liberté ». Vous déjà entendu parler de *grand jeté*?

Mes faibles connaissances en matière de ballet n'allaient pas jusqu'à ignorer ce terme technique, mais je le félicitai de l'accent parfait dont il avait fait preuve pour le prononcer. Il m'interrompit, condescendant :

— Peut-être vous ne pas savoir que le vocabulaire de la danse, partout dans monde, est en français. On dit *assemblé, pirouette, pas de bourrée, entrechats, fouettés*, en Russie, en Chine, en Angleterre ou en Italie : le français est langue de la danse, langue de la liberté pour moi. Liberté gagnée ce jour-là grâce à *grand jeté*.

Et c'est un Rudolf Noureev soudain exalté qui se lança dans le récit d'un mythe, le sien, celui qui naquit un quart de siècle auparavant, quand la presse relata le bond prodigieux d'un jeune rebelle se défaisant de ses chaînes, récit qui enflamma l'imaginaire du public.

35

Le parfum de liberté qu'il avait respiré à Paris, associé au triomphe que lui avait réservé la capitale avait fait germer en lui l'idée d'y déposer ses bagages. Plus il découvrait le mode de vie occidental, le luxe des magasins, la liberté des mœurs, plus sa détermination grandissait. Il en avait parlé avec les nombreux amis français connus lors de son séjour, et ceux-ci l'avaient assuré de leur soutien s'il passait à l'acte, ignorant qu'un événement inattendu allait précipiter les choses. En ce mois de juin, l'embarquement de la compagnie du Kirov pour Londres allait commencer quand le responsable de la tournée vint annoncer à Noureev la terrible nouvelle : il n'accompagnerait pas les autres en Angleterre mais rentrerait par le premier vol pour Leningrad, où il était attendu pour danser dans les prochains spectacles. Il n'était pas dupe de ce que signifiait cette décision : la sanction de son indiscipline tombait pour lui comme une condamnation ; sa carrière s'arrêtait là, il savait ce qu'allait lui réserver son retour.

— C'était moment ou jamais de prendre décision…

Apparemment soumis, Rudolf Noureev sollicita l'autorisation d'aller faire ses adieux aux amis qui l'avaient accompagné, danseurs de l'Opéra de Paris pour la plupart. Ceux-ci l'informèrent que la police de l'aéroport, au courant de son projet de demande d'asile, l'attendait dans un bureau situé à l'étage. Pour y accéder il lui fallait fausser compagnie à ses deux gardes du

KGB qui lui interdisaient l'accès à l'escalier. Alors, dans le hall de l'aéroport, prenant son élan comme il l'aurait fait sur scène pour exécuter l'un de ces bonds dont il avait le secret, il franchit, d'un formidable saut, la haie que les bras des deux sbires lui opposaient, pour se réfugier auprès des policiers et signer sa demande officielle.

— Un saut, vraiment ? m'étonnai-je, légèrement suspicieux.

— Eux deux étaient comme barrière du KGB entre liberté et moi... dans mon pays c'était la danse qui m'apportait liberté, ici, dans terrible situation, ce serait la danse, encore une fois qui allait me sauver. Mes professeurs, en Russie, toujours ont parlé de mes qualités : temps de saut, formidable élévation, c'était le moment de donner la preuve... avec *grand jeté* !

Un étrange sourire aux lèvres, il se tourna vers moi et je lus une question dans son regard : allais-je accorder crédit à cette version si héroïque, si chorégraphique même, des faits ?

— C'est presque trop beau... répondis-je à mi-voix, en lui retournant son sourire.

— Trop beau... pour être vrai ?

Il ne souriait plus, ses yeux s'étaient assombris. Il pencha le torse vers moi, approchant son visage du mien, inquisiteur :

— Vous chercher réalité ou vérité ?

Encore une fois sa finesse me sidéra, il avait si vite compris l'enjeu d'une psychanalyse ! Sa question en témoignait de manière éclatante et me prouvait que nous étions sur la bonne voie.

— Je viens d'entendre la vérité, lui répondis-je, mais à la prochaine séance nous essaierons tout de même d'aller vers la réalité…

S'il est une dimension qui importe au psychanalyste, c'est bien celle de la vérité, ce tissu de souvenirs remaniés, embellis par la mémoire, dans lequel nous nous drapons, romanciers de notre propre histoire. Tout souvenir est fiction, récit imaginaire dont nous sommes les auteurs, bousculant lieux et dates, et c'est sur cette fiction que nous nous construisons, plus sûrement que sur la réalité des faits. En ce sens, Rudolf Noureev avait raison : sa première version de l'événement de juin 61 était du côté de la vérité, celle sur laquelle, comme chacun de nous, il avait bâti son personnage. Sa légende prenait naissance pour lui, autant que pour le monde entier, dans ce récit épique. La destinée d'un homme hors du commun s'y trouvait ainsi intimement liée, par la grâce du *grand jeté* qui le libéra, à sa raison de vivre : la danse.

La réalité n'était pas pour autant à négliger, car elle allait nous ouvrir l'accès à ce qui sommeillait sous le mythe ; à la séance suivante, le danseur me prouva qu'il l'avait compris et accepté.

Ce fut un nom de femme qui fit son apparition : Clara S., première sur la longue liste de celles qui allaient accueillir, protéger et prendre en charge la star, lui épargnant tous les soucis du quotidien sans rien attendre en retour, et cela dans toutes les villes du monde où il posséderait une maison. Clara, la jeune endeuillée qui venait de perdre son fiancé dans un accident de la route et qui s'attacha à Rudolf lors de son séjour à Paris, lui fit découvrir les charmes de la capitale et surtout joua un rôle essentiel dans le tournant décisif de sa vie.

— Sans Clara, Rudolf jamais devenu Noureev, mais revenu mourir... non, pourrir à Oufa !

Son lapsus en disait long sur ce qui l'aurait attendu en URSS s'il s'était soumis aux ordres venus de Leningrad ; il me le confirma : on aurait là-bas laissé pourrir la carrière de soliste international à laquelle il était destiné et il serait resté un obscur, voire un ex-danseur du Kirov, ce qui représentait pour lui l'équivalent d'une mort certaine. C'était donc bien d'une question de vie ou de mort dont il s'était agi ce jour-là dans le grand hall du Bourget, la suite de son récit me le prouva.

C'était Clara qui avait pris l'initiative de prévenir le bureau de police de l'aéroport ; c'était elle encore, le moment venu, qui avait indiqué à son ami la marche à suivre pour se mettre hors de portée des sbires du KGB, et si elle en sentit l'absolue nécessité, ce fut après

avoir été témoin d'une scène prouvant à quelles extré-
mités le jeune danseur était prêt :

— J'ai sorti couteau de ma poche et menacé ouvrir
ma gorge, là, devant tous... face à choix impossible
seule la mort peut être solution.

De quel choix parlait-il? Révolte ou soumission?
Leningrad ou Paris? Ou bien existait-il un élément de
cet épisode dont il n'avait pas encore parlé?

Il prit une longue inspiration :

— Ils ont dit que je devais prendre premier avion
pour Leningrad parce que *moya mat* très malade, mourante même, et je ne savais pas si c'était mensonge
pour me faire revenir en Russie, ou vérité...

Combien de patients avais-je vus au bord du gouffre
et qui, dans l'absolue paralysie d'un choix impossible,
pensaient au suicide comme seule issue face à leur
incapacité à trancher? Je fus sensible au tragique de la
situation et à la détresse du jeune homme, amené à
choisir qui, de sa mère ou de sa carrière, allait
l'emporter. Ce fut Clara, une fois encore, qui décida
pour lui, l'attrapa par le bras et lui fit parcourir au pas
de course les quelques mètres qui le séparaient du
bureau de police.

Et le fameux bond vers la liberté?
Il se décida à m'avouer que les deux agents du KGB
chargés de le surveiller ne lui avaient pas vraiment

barré la route. Il n'avait pas eu à sauter par-dessus leur épaule pour rejoindre les autorités françaises : les sbires en question avaient découvert le bar de l'aéroport et leur propension à la boisson leur avait joué un vilain tour. Au moment décisif, loin de constituer un rempart infranchissable, ils sirotaient en fait quelques alcools forts en jetant un œil négligent sur leur victime, laquelle échappa à leur contrôle avant même qu'ils puissent réagir.

— Moins glorieux, n'est-ce pas ? sourit-il, ironiquement.

— Mais pas moins douloureux, lui répondis-je, avec une réelle compassion.

Cette seconde version laissait en effet place à la peur et au désespoir, moins aptes à nourrir le mythe que l'héroïsme et la détermination qui brillaient dans la première.

Ainsi la presse, dans le souci du fait divers spectaculaire, avait-elle laissé imaginer au public un scénario épique auquel le jeune dissident avait souscrit, qu'il avait fait sien et qu'il venait, un quart de siècle plus tard, de démonter devant moi.

Nous nous sentons parfois seuls dans l'exercice de notre profession face à l'angoisse et aux questions de ceux qui viennent nous livrer le plus intime d'eux-mêmes, aussi il nous est nécessaire d'en partager de temps à autre la charge avec certains de nos confrères. Mon ami Alain M., psychanalyste lui aussi, faisait partie de ceux à qui je me confiais le plus volontiers, et à ce stade de mon travail avec Rudolf Noureev, j'éprouvais le besoin de faire le point avec lui.

— Tu m'as l'air bien fasciné par le personnage, fais attention! fut sa première remarque après que je lui eus parlé des séances inaugurales avec mon nouveau patient.

Il avait raison et je dus bien reconnaître que ma neutralité se trouvait souvent bousculée par les réactions imprévisibles du danseur. Flatté par la confiance que ce dernier m'accordait, je m'étonnais tout de même de sa constance : il continuait à venir me consulter, se ménageant cette pause de réflexion au cœur de ses activités. Il semblait même prendre goût à ces confidences, à en juger par la facilité avec laquelle il prenait maintenant la parole, accueilli par mon silence bienveillant.

— Je ne vais pas t'apprendre ce qu'est le transfert! À toi dorénavant de comprendre quelle place tu occupes pour ton danseur... Aussi brillante soit l'armure qu'il s'est construite, il arrive un moment où celle-ci se fissure, même si le personnage, tel que tu me le décris, n'a pu jusqu'à maintenant ni admettre, ni partager cette blessure avec qui que ce soit. Quand la tension entre l'image que l'on souhaite afficher et la déchirure intérieure devient trop forte, il faut déposer les armes, toute star que l'on soit. Si l'on ne peut le faire ni devant ses admirateurs ni devant ses proches, existe-t-il meilleur lieu que celui qui vous garantit le secret absolu?

Alain avait répondu à la question que je me posais : pourquoi confier cette souffrance à un psychanalyste et non à son entourage?

Mon ami poursuivit :

— D'après ce que tu me dis, c'est son voyage en Russie qui a ouvert cette faille. Sa mère, regarde donc un peu plus loin avec lui du côté de sa mère... comment dis-tu déjà? *Moya mat* ? Tu sais bien que c'est toujours là, chez *alma mater,* la mère nourricière, que l'on trouve la réponse...

Je sortis de chez Alain armé d'autres perspectives. En cet hiver 1987, de retour de Russie où il venait de faire ses adieux à sa mère, la boucle se bouclait pour Rudolf Noureev. Entre l'annonce de la mort possible de sa mère, qu'il pensait avoir abandonnée à l'agonie un soir de juin dans le hall d'un aéroport parisien et les réels adieux qu'il avait pu lui faire, vingt-cinq années s'étaient écoulées. Durant cette si longue parenthèse il était devenu la star que le monde entier se disputait, à l'exception notable d'un pays, celui dont il était originaire. Ni celle qui l'avait porté, ni la nation qui l'avait vu naître n'avaient idée de la gloire qui l'auréolait : curieux paradoxe, étonnante métaphore pour un tel familier des théâtres que d'être inconnu de l'autre côté du *rideau de fer*!

Voilà qui donnait un tout autre poids aux premières paroles qu'il m'avait adressées en trois langues, lors de notre rencontre inaugurale : *ona ne ouznala menya... she did'nt recognize me...* elle ne m'a pas reconnu.

Il manqua la séance suivante, sans bien sûr se soucier de m'en avertir, mais me rappela lui-même, deux jours plus tard, pour convenir d'un nouveau rendez-vous. Comme je lui faisais remarquer ce manque d'égards, il m'expliqua qu'il avait eu à régler un conflit important avec la troupe de l'Opéra de Paris, l'obligeant à se rendre plus tôt que prévu au palais Garnier, à l'heure de son rendez-vous avec moi. Il me donnait les raisons de son absence, me prouvait par sa demande son désir de poursuivre le travail engagé, mais manifestement la formule « excusez-moi » ne faisait pas partie de son vocabulaire.

Des nuages s'accumulaient à l'orée de notre prochaine rencontre : un des principes de la psychanalyse exige en effet qu'une séance manquée soit une séance due – façon de la considérer comme l'expression d'une résistance – et je me doutais que j'aurais quelque difficulté à le lui faire entendre. Il avait sans doute pressenti que le rendez-vous en question allait être consacré au douloureux sujet de la séparation d'avec sa mère et en avait retardé l'échéance : là était la résistance. Raison de plus pour lui demander le règlement de cette séance.

L'orage prévu se déclencha comme je le craignais chez un Noureev furieux à qui il paraissait inconcevable de payer pour un rendez-vous qui n'avait pas eu lieu. J'eus beau faire valoir que ce temps lui avait été réservé, qu'il fût présent ou non, que je l'avais attendu et n'avais reçu personne à sa place, il continua de s'emporter :

— Payer pour travail non fait, jamais, *niet*! Si je ne danse pas je ne touche pas cachet, pourquoi différent pour vous?

Je renonçai à lui faire saisir le sens que pouvait prendre cette séance manquée. Le transfert touchait là à ses limites, et son attachement au travail que nous entreprenions ne pouvait rivaliser avec son indignation. Les questions d'argent étaient manifestement pour lui un sujet sensible et je sentis qu'il allait me falloir en rabattre sur mes exigences et remettre à plus tard le chapitre du paiement si je ne voulais pas le voir prendre la porte.

— Nous en reparlerons, mais je considère que vous êtes en dette à mon égard.

— En dette? Que veut dire en dette?

— Vous le savez très bien, et vous en souffrez, vous qui n'avez jamais pu rendre à votre mère ce qu'elle vous a donné.

Je craignais que cette interprétation ne rallume sa colère mais elle la fit au contraire tomber; le lion cessa de montrer les crocs et subitement apaisé murmura, dans un français parfait :

— J'aurais pu, si elle m'avait reconnu…

Il était temps pour lui d'évoquer son retour à Oufa. Il le fit d'une voix sombre, déroulant ce récit douloureux d'un trait, m'imposant le silence d'un geste autoritaire quand me venait la tentation de lui demander des précisions.

Il m'expliqua qu'il fut l'enfant chéri d'une mère dont il était le dernier-né, garçon tant espéré après trois filles. Leur relation proche et très tendre se réduisit, après son passage à l'Ouest, à quelques rares conversations téléphoniques, quand un appareil non susceptible d'être sur écoute se trouvait à portée. Rudolf et sa mère communiquèrent ainsi, épisodiquement et en se cachant comme des amoureux clandestins, jusqu'à ces dernières années où l'état de santé de cette femme octogénaire se dégrada au point de ne plus lui permettre de s'exprimer.

L'assouplissement du régime sous la *perestroïka* instituée par Gorbatchev offrait enfin au célèbre danseur la possibilité d'un retour dans son pays natal : aidé par ses amis russes et de nombreuses personnalités politiques, il obtint l'autorisation de rendre une dernière visite à celle dont il ne pouvait plus même entendre la voix.

En novembre 1987, il embarque à destination de Moscou, très nerveux, encore plus angoissé que d'habitude à l'idée de prendre l'avion.

— Toujours peur en vol, seule solution : beaucoup boire !

Son arrivée a été annoncée par la presse, qui utilise cette visite comme preuve de l'assouplissement d'un régime qui ouvre maintenant les bras à ses transfuges. À travers la personne de Noureev, absolution politique et souci humanitaire peuvent être brandis comme étendards de la *perestroïka*. C'est pourquoi il est accueilli à Moscou par nombre de journalistes et de correspondants occidentaux, tous avides d'en savoir davantage sur ce retour historique. Habitué au harcèlement de la presse, c'est avec agacement cette fois qu'il voit la horde se précipiter vers lui :

— Je n'avais pas à répondre aux questions, pas revenu pour parler politique, juste revoir *moya mat* une dernière fois.

Il ne fera qu'une seule déclaration dans le hall de l'aéroport, celle qui sera diffusée à la télévision officielle ainsi que dans la presse, au cours de laquelle il se bornera à parler de son bonheur à l'idée de retrouver sa mère et ses sœurs. Quelques heures plus tard, un Tupolev l'emmènera enfin à Oufa. Une de ses sœurs, Razida, l'y attend, un bouquet de fleurs à la main.

— Nous étions comme étrangers. Un baiser et quelques mots…

Contrastant avec son train de vie fastueux, Rudolf va découvrir l'appartement familial, un deux pièces lugubre à peine plus confortable que l'isba misérable de son enfance et où vivent cinq personnes : Farida sa mère, une de ses sœurs, Lilya, mais aussi sa nièce, le mari de celle-ci et leur petit garçon. Un modeste repas a été préparé en son honneur, qui le change grandement des agapes auxquelles il est convié chaque jour aux meilleures tables parisiennes, frugale collation qu'ils partagent tous en silence : ils auraient tant à se dire mais un tel écart les sépare.

— Nous étions dans deux mondes si différents, comment leur parler de ma vie quand la leur si misérable…

Puis, annonçant que Farida est sortie de sa léthargie, Razida introduit son frère dans la chambre de leur mère.

La jolie brune énergique et courageuse que Rudolf avait embrassée pour la dernière fois vingt-cinq ans auparavant est devenue une petite femme très âgée, perdue dans un lit qui semble trop grand pour elle, à bout de forces et parlant très difficilement. Bouleversé, il se penche vers elle pour embrasser son visage diaphane. Razida lui demande si elle reconnaît son fils et Farida, à peine audible, articule péniblement quelques mots que Rudolf croit saisir et qui le pétrifient. Du regard, il interroge sa sœur pour avoir confirmation de ce qu'a dit Farida, et Razida, embarrassée, lui répond : « Maman croit qu'elle a des hallucinations. » Il est effondré lorsqu'il ressort de la pièce, sa mère n'a pas reconnu son Rudik, le diminutif qu'elle employait toujours lorsqu'elle serrait son fils dans ses bras. Et Razida aura beau lui affirmer que Farida a murmuré « Oui, c'était Rudik », quand elle voulut savoir si elle avait reconnu son visiteur, Rudolf sait que sa sœur lui ment.

— J'ai entendu ce que *moya mat* a dit quand Razida demander si Farida reconnaissait son fils…

Je respectai le silence qui s'ensuivit. Il me parut durer indéfiniment, jusqu'à ce que Rudolf Noureev prononce enfin la phrase qui le crucifiait :

— Elle a dit : « Je n'ai pas de fils. »

Pour chacun de nous, un événement peut se trans-
former en traumatisme s'il entre en écho avec un pan
douloureux de notre histoire personnelle. C'était le cas
pour Rudolf Noureev, lors du dernier rendez-vous
manqué avec sa mère. Le récit qu'il venait de m'en faire
confirmait mon intuition : il s'agissait en effet de *reconnaissance*, avec toutes les résonnances que contenait
pour lui ce mot. S'il avait tout fait pour être reconnu
dans le reste du monde comme le meilleur danseur de
son époque, en Russie il ne l'était ni de sa mère patrie,
ni de celle qui lui avait donné le jour. Rudolf n'était plus
là-bas le fils de personne, ce qui éclairait d'un autre jour
l'abattement qui s'était emparé de lui à son retour
d'Oufa et l'avait amené, un mois plus tard, à venir me
consulter.

Je tentai, du mieux que je pus, de l'expliquer à mon
patient dans l'espoir que cette prise de conscience, si
elle ne pouvait lui éviter la tristesse qui l'accablait, le
libérerait des douloureux échos qui en décuplaient

l'intensité. Il m'écouta attentivement, sensible à ce que je venais de lui dire, puis, pensif, ajouta :

— C'est le père qui reconnaît enfant, non ?

C'était le moment ou jamais de lui demander de me parler de celui dont il n'avait pas encore prononcé le nom :

— Mon nom est Rudolf Hametovitch Noureev. Hametovitch veut dire « fils de Hamet », le prénom de mon père, mort il y a plusieurs années. Instructeur politique dans Armée rouge, puis directeur de la sécurité dans usine... Hamet, père de trois filles et qui voulait tellement un garçon, vrai garçon, sûrement pas danseur !

Sa réponse était teintée d'ironie et d'amertume : elle laissait entendre qu'une autre forme de reconnaissance, une de plus, lui avait manqué.

Ses premiers souvenirs de l'auteur de ses jours ?

Aucun avant l'âge de cinq ans, répondit-il, âge auquel surgit dans la sphère familiale un étranger qui, après être entré dans Berlin avec l'Armée rouge, rejoignait enfin sa famille, brisant le lien exclusif que le petit Rudik entretenait avec sa mère : Hamet, gardien des valeurs de la révolution, communiste convaincu, pour qui la danse représentait une forme d'affront à l'idéal de virilité que le Réalisme socialiste soviétique exaltait.

Puis Rudolf Noureev évoqua les rapports orageux et les conflits d'autorité qui survinrent, émaillant l'histoire de sa relation avec son père d'explosions de violence, inévitables au vu du tempérament volcanique des deux adversaires.

— Vous vous appelez Rudolf Hametovitch Noureev… et vous avez fait disparaître Hametovitch de
votre nom !

— De mon nom, oui, mais pas de mon visage…

— Vous voulez parler de votre ressemblance avec
votre père ?

Il promena un doigt sur la cicatrice de sa lèvre
supérieure :

— Je veux parler de ça…

Hamet Noureev n'avait pas pour habitude que l'on
désobéisse à ses ordres, et quand le jeune Rudik décida
un jour de passer outre à ses commandements pour se
rendre à l'école de ballet d'Oufa malgré l'oukase
paternel, une scène terrible s'ensuivit. Ce jour-là, sur le
seuil de la porte, se retournant pour défier Hamet,
Rudik lui lança un de ces mots fleuris, dont déjà l'adolescent rebelle avait coutume de ponctuer ses phrases,
et reçut en plein visage une bouteille de vodka qui lui
éclata la lèvre, imprimant à jamais sur celle-ci la rage
de son père.

— Voilà ce qui arriva. Beaucoup pensent opération
ou accident, encore légendes…

L'amour blessé emprunte souvent de tortueux che-
mins et l'on peut perpétuer de douloureux souvenirs,
rester fidèle à la mémoire de ceux qui nous ont mal-
menés en allant jusqu'à répéter leurs comportements
les plus repoussants. J'apprendrai plus tard que ses
fameuses colères lors des répétitions, qui avaient valu

Rudik, l'autre Noureev

à Rudolf Noureev une réputation explosive, s'accompagnaient non seulement d'injures, mais encore d'un lancer de sa Thermos remplie de thé brûlant sur la personne qui l'avait contrarié ou n'avait pas exécuté correctement sa chorégraphie.

— Tu penses beaucoup à ton célèbre patient... prends garde à ce que ce ne soit pas au détriment des autres...

Mon ami Alain me fit cette remarque alors qu'une fois de plus je lui racontais le déroulement des séances et mon intérêt pour l'histoire de Rudolf Noureev. J'accordais toujours autant d'attention à la cure de mes nombreux visiteurs quotidiens, mais il est vrai que, hormis le moment de leur séance, c'est vers mon tumultueux danseur que se dirigeaient mes pensées.

— Je comprends que tu sois fasciné par le personnage, ce Noureev c'est vraiment quelqu'un ! Et tu as sans doute vu juste quant à cette affaire de reconnaissance, mais on dirait qu'elle te concerne tout particulièrement... Je me trompe, Christian ?

Alain avait employé à dessein mon ancien prénom, dont il savait quelles raisons narcissiques m'avaient poussé à le modifier. Au cours de nos conversations, mon ami se moquait parfois de mon ego, qu'il jugeait à juste titre un peu démesuré : « Ne te fais pas si grand, tu n'es pas si petit ! » m'avait-il lancé un jour où je me vantais de mes succès thérapeutiques.

Christian avait été un petit garçon inhibé, complexé, et c'était Tristan qui l'avait soigné en devenant ce « confident du Tout-Paris ». Cette position satisfaisait ma quête de reconnaissance, qui rejoignait celle de mon fameux patient. Subsistait cependant en moi cette fascination adolescente pour la célébrité, symptomatique d'un sentiment d'infériorité sans doute incomplètement analysé. Les confidences de Rudolf Noureev m'aidaient à le combattre car plus la star m'exposait ses blessures, plus je pensais prendre de l'ascendant sur lui.

C'était du moins ce que naïvement je voulais croire, à ce moment de la cure.

Il venait régulièrement, ne manquait plus une seule de ses séances, lesquelles avaient toujours lieu le matin, avant la classe, ainsi qu'il l'avait souhaité. Son attitude à mon égard était plus amicale, aucun éclat depuis quelque temps n'avait perturbé notre relation, et je pensais que ce voyage dans son histoire allait suivre un cours plus paisible quand bientôt un nouvel incident vint le bouleverser.

Il était arrivé très en retard et réagit avec ironie quand je lui en fis la remarque :

— Je ne suis pas en retard, simplement pas à l'heure !

La nuance était parlante et il me parut inutile d'argumenter, nous y aurions passé la séance : j'avais simplement oublié qu'il était hors de question pour lui de s'excuser. Je lui annonçai donc qu'au vu de l'heure avancée nous disposerions de moins de temps, ce qu'il fit mine d'ignorer.

La scène de son retour à Oufa avait occupé quelques-uns de nos rendez-vous, il l'avait évoquée à plusieurs reprises, manifestant le besoin de revivre cet épisode, sans doute pour en atténuer la charge émotionnelle. Ce jour-là il employa une fois encore la langue russe pour évoquer sa mère et, plus nostalgique que jamais, prononça de nouveau la phrase « *moya dorogaya mat...* », comme il aurait laissé échapper un soupir. L'opportunité de lui en demander la traduction se présentait enfin :

— *Dorogaya* signifie *dear...* chérie...

Il avait marqué une hésitation, recouru d'abord à l'anglais, comme s'il éprouvait quelques difficultés à prononcer le mot « chérie » dans notre langue. Je me fis la réflexion qu'il ne l'utilisait pas lorsqu'il parlait de Farida en français ; jamais en effet il n'avait dit « ma mère chérie » et j'en conclus que la langue russe était probablement la seule qui lui permettait d'exprimer un sentiment tendre, peut-être même une émotion.

Je lui en fis la remarque et il réagit aussitôt :

— Russie toujours au fond de moi, pour sentiments comme pour danse, c'est même chose. Tous les ballets que j'ai remontés sont ballets russes, expression de l'âme russe : *Le Lac des cygnes, Casse-noisette, Raymonda, La Bayadère...* Il faut que vous veniez voir, bientôt !

Je tentai de lui expliquer que la nature de notre relation excluait cette possibilité mais je ne dus pas me montrer bien convaincant, partagé que j'étais entre le désir de voir mon patient sur scène et le souci de maintenir une absolue neutralité. Je sentis monter son agacement :

— Si vous ne pas voir danser Noureev, vous ne pouvez pas comprendre qui il est, alors pourquoi poursuivre travail?

Il n'était pas question d'accéder à son exigence dans l'instant, aussi lui dis-je que j'allais y réfléchir et que nous en reparlerions lors du rendez-vous suivant. Sur ce, je voulus mettre un terme à la séance. Il regarda sa montre, me foudroya du regard et me signifia qu'il avait encore beaucoup à me dire :

— J'en suis certain, c'est pourquoi nous continuerons la prochaine fois.

Ma réponse fut loin de le satisfaire et son ton se fit glaçant : je n'avais plus devant moi celui qui tentait de comprendre les raisons de son malaise mais le directeur du Ballet, tout autant que l'infatigable et exigeant danseur qui se donnait sans compter sur toutes les scènes du monde :

— Quand je travaille, pas d'horaires, si pas terminé continuer !

Je ne voulais pas céder; c'était un véritable bras de fer qui s'engageait et j'étais loin d'être sûr d'en sortir vainqueur.

— Si je n'arrive pas à faire pirouette correcte je recommence, jusqu'à perfection, je n'arrête pas avant! Je demande pareil aux danseurs, pourquoi je ferais différent avec vous? Je veux votre aide maintenant, continuer de parler de *moya mat* et de Russie aujourd'hui, la prochaine fois sera pour parler d'autre chose, et si vous ne venez pas voir ballet, pas de prochaine fois! *Pisda !*

Nous étions au bord de la rupture et je mesurai alors à quel point je tenais à ce que le traitement se poursuive.

Je repensai à l'article de Freud sur le contre-transfert dans lequel je m'étais plongé en attendant le danseur pour son premier rendez-vous ; si j'en ressentais ce jour-là déjà les effets alors que rien n'était encore engagé, qu'en était-il aujourd'hui ? À l'évidence, ce sentiment avait en moi grandi et prospéré. Le tempérament de Rudolf Noureev, l'aspect romanesque de son destin, les résonnances avec mon propre parcours, autant d'éléments qui m'attachaient dorénavant à ce personnage hors du commun : je ne pouvais accepter l'idée de le laisser partir.

J'ai toujours pensé que la meilleure façon de sortir d'un conflit résidait dans le compromis, la plus sage des solutions. Tout en me demandant si j'en aurais fait de même avec un autre patient, je cédai donc sur un point, en acceptant d'aller le voir danser, mais demeurai ferme sur le second : la séance de ce jour s'arrêtait là.

Pauvre victoire.

— Livia vous enverra invitation pour spectacle, me lança-t-il au moment où je refermais la porte.

Le courrier me parvint quelques jours plus tard. Il contenait un billet pour une représentation du *Lac des cygnes,* qui aurait lieu la semaine suivante : avant de pouvoir le contempler dans son pourpoint de prince, je verrais donc encore une fois Rudolf Noureev vêtu de son long manteau et coiffé de son béret.

La première chose dont il s'inquiéta en s'installant dans le fauteuil fut de savoir si j'avais bien reçu ma place. Je le lui confirmai.

— Vous venez me voir dans ma loge après spectacle.

C'était ce que je craignais, mais mon métier m'avait appris qu'une crainte recouvre souvent un désir inconscient : j'étais sur le point de faire subir à ma neutralité une entorse de plus. Sa formule évoquait davantage un ordre qu'une invitation, aussi je me bornai à incliner la tête et l'incitai à poursuivre ses réflexions, lui rappelant qu'il avait émis le souhait, lors de la séance précédente, de continuer à parler de sa mère et de la Russie.

Il enchaîna aussitôt :

— Vous savez que je suis né dans Transsibérien ?

Il ne se formalisa pas de mon absence de réponse ; il s'était accoutumé à mon silence, ne le considérant plus comme un refus, mais comme un encouragement. Et ce qu'il déroula devant moi ressembla une fois encore à un récit mythique.

Farida Noureyeva, quasiment au terme de sa quatrième grossesse, embarqua à bord du train qui devait les mener, elle et ses trois filles, à Vladivostok où les attendait son mari. Elle ne savait pas qu'elle allait accoucher de son petit Rudik au cours de ce voyage de six jours.

— Il faisait encore très froid au moment où je suis né, le train passait sur les rives de lac Baïkal, pas très loin d'Irkoutsk...

Le lac Baïkal, avait-il cru utile de préciser, comme si la proximité du vaste miroir d'eau gelée, recouvert d'un manteau neigeux, avait pour lui une valeur symbolique. Mes propres associations, en l'écoutant, réveillèrent l'une de mes premières émotions artistiques, et j'entrevis une cohorte de cygnes transis, ballerines toutes de blanc vêtues, cous graciles et bras ondulants, dont les diagonales impeccables dessinaient sur l'immense lac de glace la plus belle des chorégraphies.

— Le lac Baïkal... me surpris-je à murmurer, comme dans un songe. Mon patient poursuivit, murmurant lui aussi :

— Au fond je ne saurai jamais où je suis né exactement : sur certificat de naissance il est écrit Razdolnoye, sur passeport soviétique Lougansk...

Cette indécision confirmait mon intuition : le lac Baïkal était le lieu de naissance rêvé, celui qu'avait choisi cet amoureux de la musique de Tchaïkovski, propice à la création d'une légende aussi bien qu'à l'apparition de créatures ailées et coiffées de diadèmes. Quant aux circonstances de la naissance du petit Rudik, mieux valait ne pas en interroger la vraisemblance, mais y voir, une fois de plus, le triomphe de la vérité sur la réalité. Rudolf Noureev avait construit son mythe : né dans un wagon de troisième classe, ce nomade qui ne déposerait jamais ses bagages allait passer sa vie à sillonner le monde.

Le voyage intérieur du danseur se poursuivit, traversant son histoire comme le Transsibérien qui filait à travers les steppes enneigées, avec à son bord une mère épuisée, ses trois filles et son nouveau-né.

À leur arrivée, Hamet les attendait, découvrant un fils auprès duquel il ne passerait que très peu de temps puisque, très rapidement mobilisé, il allait partir sur le front. Le petit Rudik attendrait d'avoir cinq ans pour découvrir vraiment un père avec qui les relations seraient loin d'être pacifiques.

— Un *politrouk*... articula-t-il avec une moue de mépris. Chargé de l'éducation politique des soldats de l'Armée rouge, Hamet Noureev leur chantait les hauts faits du camarade Staline et les mérites du communisme dont il avait fait siennes les valeurs : héroïsme et virilité. Rien d'étonnant dès lors à ce qu'il ait tout mis en œuvre pour contrer les projets de son fils lorsque ce dernier lui annonça son intention de devenir danseur. En évoquant les violents affrontements qui les dressèrent l'un contre l'autre, dont le plus spectaculaire lui laissa cette marque indélébile sur la lèvre, Rudolf Noureev consentit à reconnaître chez son père une vertu à laquelle il était particulièrement sensible : le caractère.

— Du côté de mon père, comme de ma mère, nous sommes tatars avant être russes, et les Tatars sont animaux complexes : c'est ce que je suis. Les Tatars ont prouvé dans l'histoire qu'ils avaient caractère insoumis, ils sont descendants de Gengis Khan ! Ils ont sensualité, fougue, ils aiment bagarre mais sont rusés comme renards et leur sang bouillonne comme un torrent.

Lyrique, l'œil brillant, il avait emprunté les accents d'un chant patriotique, comme si l'évocation de son peuple indomptable lui permettait de redorer l'image de ses origines.

— À travers sang de mon père c'est sang tatar qui coule dans mes veines… et dans ma danse.

Il marqua un temps d'hésitation. Je le vis soudain pâlir, tentant péniblement de suivre le fil de sa pensée :

— Notre sang, c'est notre destinée…

Alerté par la répétition de ce mot et par la défaillance qui venait de le saisir, je lui demandai :

— Le sang ?

Il respira avec application, puis balaya l'air d'une main, comme pour chasser son malaise :

— Plus tard, pas aujourd'hui… je veux continuer à parler de *moya mat*, de Russie, de danse.

Seul le clan des femmes — sa mère et ses trois sœurs — avait encouragé la vocation du jeune Rudik, Farida ayant d'ailleurs contribué à faire naître en lui cette passion, lorsqu'il avait six ans, en l'emmenant voir un spectacle de ballet à l'Opéra d'Oufa. Toute la famille vivait à l'époque dans une extrême pauvreté, partageant une isba sans eau ni électricité avec trois autres familles, et, en l'absence de son mari mobilisé, Farida devait faire preuve d'un grand courage pour permettre aux siens de survivre. L'occasion d'assister à un spectacle offert aux familles des glorieux combattants de l'Armée rouge, dans le lieu le plus prestigieux de la ville, fut une éclaircie dans un quotidien de grisaille et de tristesse. Rudik y découvrit la magnificence d'un théâtre aux lustres scintillants, aux sièges tapissés de velours, en contraste absolu avec les murs humides et le sol de terre battue de sa pauvre isba, mais surtout il s'émerveilla du spectacle qui décida de sa destinée :

— Un autre monde, qui serait le mien. Le ballet s'appelait *Le Chant des cigognes*, oublié aujourd'hui. Je n'avais que six ans, mais quand j'ai vu solistes s'envoler, j'ai su aussitôt que j'étais né pour danser...

Ainsi, tout s'était joué pour lui ce jour-là, et la vision de ces artistes s'affranchissant de la pesanteur, dans un cadre de dorures et de lumière, avait fait naître chez le jeune Rudik une vocation qui ne se démentirait jamais : la danse lui apporterait sa revanche contre la misère et les contraintes, elle lui offrirait à la fois le luxe et la liberté.

Je connaissais la salle du palais Garnier pour y avoir plusieurs fois assisté à des ballets ou à des opéras, mais je voulus la découvrir ce soir-là avec le même regard que celui du petit Rudik, fasciné par la splendeur du théâtre d'Oufa. Le brouhaha des instruments s'accordant dans la fosse d'orchestre, la rumeur du public, le va-et-vient des ouvreuses, je retrouvais avec bonheur l'impalpable tension d'avant le spectacle, ce sentiment qui saisit le public dans l'attente de la « plus déchirante des fêtes », comme la définissait Roland Barthes, cet événement unique et éphémère, qui jamais ne se reproduira à l'identique.

Il m'était facile de me glisser dans la peau de mon patient lorsqu'il pénétra pour la première fois dans une salle de spectacle : j'avais vécu la même expérience, et la même émotion, lorsque j'étais enfant. Un des clients de mes parents leur avait offert des « taxes » – billets à tarifs réduits – pour l'une des représentations de l'Opéra de Paris : *Le Lac des cygnes*, précisément. Mon père, sans doute intimidé par ce lieu qu'il imaginait destiné à l'élite et peu réjoui par la perspective d'assister à un ballet, m'avait cédé sa place. C'était fébrilement que le petit Christian avait gravi le grand escalier au bras de sa mère, impressionné par la solennité des lieux, par cette ruisselante débauche de lumière qui éclaboussait de ses feux ors, marbres et bronzes des cariatides.

Je ne sais ce qui me marqua le plus, de la splendeur tapageuse de ce temple du Second Empire ou de la magie du spectacle, mais le souvenir de cette soirée ne s'était jamais effacé.

Allais-je retrouver les mêmes émotions ? Rudolf Noureev avait signé la chorégraphie de cette nouvelle production du *Lac* qui, sans doute, m'immergerait dans un univers différent, et, bien sûr, j'étais impatient de voir sur scène celui qui, depuis quelque temps, me livrait le plus intime de son existence.

Lorsque enfin le rideau se leva, ce fut sur lui, solitaire dans l'immense espace d'un palais de glace, endormi sur un trône doré. Il rêvait, à en juger par son front soucieux, pendant que le contenu de son rêve se jouait à l'arrière-plan : le mauvais génie Rothbart y enlevait la princesse qui allait subir son maléfice. La position de son corps m'était familière : le buste droit, les bras sur les accoudoirs, jambes allongées et pieds croisés, elle était identique à celle qu'il adoptait face à moi, lors de nos rendez-vous.

La présence qu'il dégageait, jusque dans son sommeil, était frappante : sa silhouette, qui aurait pu sembler perdue au centre du plateau dépouillé, emplissait au contraire l'espace. Comment expliquer ce mystère ? Rudolf Noureev n'avait pas encore dansé que déjà il irradiait. Était-ce dû à la noblesse de son attitude, à cet assoupissement qui n'avait rien d'un abandon, mais semblait plutôt une invite à partager un songe ? À la dignité de ces traits sculptés par la lumière, ou simplement à l'aura que la renommée lui conférait ? Une chose était certaine : quelques minutes seulement après le lever du rideau, ce n'était plus mon patient que j'avais sous les yeux, mais le prince Siegfried qui affirmait son règne sur la scène et entraînait le public dans son rêve d'amours impossibles.

Enfin il dansa. Je le savais au crépuscule de sa carrière et, certes, il ne possédait plus la force ni l'élévation de la jeune étoile d'autrefois, mais s'il n'était plus que l'ombre du prodige qu'il avait été, son attitude et son regard de défi sur le public affirmaient le contraire. Il avait pris possession de l'espace, étendu son empire sur une salle qui suspendait son souffle. Avant chaque pirouette, je remarquai que ses yeux étaient agités de tics nerveux, ceux que j'avais aperçus quand, face à moi, il abordait un chapitre difficile, ce qui ne l'empêchait pas, lorsqu'il s'élançait, de dévorer l'espace, n'éludant aucune difficulté. Ce soir-là, comme tous les autres soirs, me dis-je, il jouait sa vie, rien de moins, et ce sacrifice imposait que l'on oubliât tout, sitôt qu'il apparaissait : l'effort douloureux exigé par chaque pas, la souffrance sensible de son corps. Ces contraintes magnifiaient la danse elle-même, qui ne donnait avec lui aucun sentiment d'aisance ou de facilité, mais plutôt l'impression d'un corps à corps avec la pesanteur, combat dont il sortait chaque fois vainqueur, *in extremis*. Et ce combat avec les limites me fit penser à un autre monstre sacré, Maria Callas, à la fin de sa carrière : comparant sa voix au Parthénon, quelqu'un avait dit de celle-ci qu'elle était encore plus belle en ruine.

Pour avoir déjà vu des étoiles masculines interpréter les grands ballets du répertoire, je savais que le raffinement et l'élégance de leurs gestes revêtaient une grâce quasi féminine. Rien de tel avec Rudolf Noureev, dont la danse était l'incarnation même de la puissance et de la virilité. Je me dis qu'il réussissait là un incroyable pari : parvenir à lier l'idéal paternel à sa passion pour le ballet, pourtant condamnée par le *politrouk*, le chantre des valeurs du Réalisme soviétique qui lui avait interdit la danse, cet art « non masculin ».

Au début du deuxième acte, de nouveau seul sur le plateau désert, il se lança dans une longue variation. Ombre pâle se découpant sur fond de nuit dans le halo d'un suiveur, il enchaîna les figures dans une méditation poétique où les élans lyriques succédaient à des moments songeurs, durant lesquels il semblait se mouvoir au ralenti. Ce solo recélait une forme de désespoir, de quête d'idéal inaccomplie ; Noureev y exprimait le don total de sa personne à la danse, défiant l'ombre qui le cernait, et je compris alors pleinement ce qu'il avait voulu dire en m'affirmant que je ne connaîtrais vraiment l'homme qu'en voyant le danseur.

J'avais beau accorder à la parole une place essentielle, lui reconnaître un pouvoir dont je faisais profession, je n'en connaissais pas moins ses limites : si les mots pouvaient tout dire, alors ni la danse, ni la musique n'existeraient. La longue méditation du prince, fantôme blafard flottant dans la nuit, m'en confirmait l'évidence, tout au long de ce parcours chorégraphique qui aurait pu ne jamais finir, épousant pas à pas la mélancolie instillée par Tchaïkovski au cœur de chacune de ses notes. Rudolf Noureev avait raison : les mots auraient en effet été impuissants à traduire l'engagement total, la détresse et la volonté, la force et les moments d'abandon qu'il nous offrait dans ce pur moment de danse.

Quand ensuite, dans une lumière bleutée et scin-tillante, les silhouettes neigeuses des cygnes firent leur entrée sous le regard du prince, l'atmosphère du tableau m'évoqua un lieu mythique. Dans le pourpoint de Siegfried, Rudolf Noureev contemplait les créatures immatérielles peuplant l'étendue gelée du lac Baïkal sur les rives duquel, dans son wagon du Transsibérien, était né le petit Rudik.

La salle lui réserva un accueil triomphal, auquel se mêlèrent cependant quelques huées et sifflets, venus de la corbeille ; manifestement Rudolf Noureev n'avait pas que des amis. Cela ne l'empêcha pas de s'avancer, à chacun des innombrables rappels, une main sur le cœur, un demi-sourire aux lèvres, le regard accroché à une invisible ligne d'horizon, et ses saluts composèrent à eux seuls un spectacle : il ne remerciait pas le public mais daignait simplement accepter son hommage, balayant la salle d'un bras majestueux, comme s'il la prenait à témoin du prodige qu'il venait d'accomplir.

C'est alors qu'il eut un geste totalement inédit sur une scène aussi prestigieuse : au moment où les quelques détracteurs du danseur se firent entendre, je vis distinctement le majeur de sa main esquisser un doigt d'honneur, sans qu'il se départît de son sourire triomphant.

Lorsque se ralluma le grand lustre et que les spectateurs commencèrent à quitter la salle, je me dirigeai vers la porte qui conduisait à la scène, devant laquelle un huissier montait la garde, en compagnie d'une jolie femme brune aux cheveux courts. Celle-ci m'interpella :

— Tristan Feller? Je suis Livia F., suivez-moi, il vous attend.

Elle ne se montra guère plus bavarde, ni plus chaleureuse que lors de nos brèves conversations téléphoniques. Elle me précéda sur l'immense plateau, dépouillé de ses décors : les toiles peintes évoquant les *Nymphéas* de Monet avaient été avalées par l'obscurité des cintres, les hautes colonnes du palais, poussées par des armées de machinistes, regagnaient les dégagements, sur les côtés de la scène. Seuls subsistaient, masqués par de longs panneaux de velours noir, les énormes ventilateurs et les fumigènes qui avaient soufflé la brume dans laquelle s'était noyé Siegfried. La lueur bleutée, qui baignait les abords du lac et rendait irréelle la longue procession des cygnes blancs, avait laissé place à un éclairage cru qui chassait du lieu toute poésie. Une foule de machinistes et d'accessoiristes s'affairait, s'adressant dans des talkies-walkies à d'invisibles interlocuteurs pendant que quelques danseuses, les jambes gainées de tricots multicolores et le bustier de leur tutu dégrafé, s'attardaient, discutant entre elles ou répétant des figures dont elles n'étaient pas satisfaites.

Je serais volontiers resté plus longtemps à contempler l'envers du décor mais, voyant que je m'attardais, Livia F. m'invita d'un signe de la tête à hâter le pas.

73

Les hautes portes de fer qui séparaient la cage de scène du reste du bâtiment nous ouvrirent l'accès au couloir des loges. Croisant des danseurs à demi dévêtus, des habilleuses traînant des portants chargés de costumes, nous arrivâmes devant le repaire du maître des lieux. Livia F. frappa un coup discret, passa la tête par l'entre-bâillement pour annoncer mon arrivée et me fit signe d'attendre. Elle s'écarta pour laisser sortir une habilleuse qui tenait à son bras le pourpoint et les collants du prince.

Attendant d'être introduit dans la loge, je fis les cent pas dans le couloir, tentant de décrypter le spectacle auquel je venais d'assister, afin d'apporter à mon patient quelque lumière originale sur sa création, mais peut-être aussi – et cela m'était plus difficile à avouer – dans l'espoir de briller à ses yeux. Quoi qu'il en soit, il me fallait donner un sens à ma visite, si peu protocolaire : elle pourrait peut-être ainsi s'inscrire dans la dynamique de la cure et nous permettre de poursuivre le travail engagé.

Cette vision du *Lac des cygnes* intéressait le spécialiste que j'étais, d'abord parce qu'elle s'ouvrait sur un rêve, cette œuvre de la nuit dont Freud disait qu'elle était la *voie royale* pour accéder à l'inconscient, mais aussi parce qu'elle proposait une lecture originale d'un grand classique du ballet : Rudolf Noureev y avait recentré toute l'intrigue autour du rôle masculin, dont nous suivions les tourments. Le songe inaugural du prince donnait le ton, celui d'un fantasme, dans lequel les deux cygnes, le blanc et le noir, devenaient la figure emblématique et contrastée d'une femme unique et inaccessible, née de l'imaginaire du prince. Le mauvais génie Rothbart, dans cette version, était également le précepteur du futur souverain, avec qui il entretenait une relation équivoque, personnage autoritaire et séducteur dont l'influence insidieuse brisait l'idéal romantique du jeune homme et lui barrait l'accès à l'autre sexe. Volontairement ou non, la version de Rudolf Noureev donnait une place de choix à l'inconscient dans le comportement des personnages, particulièrement celui du prince, et le frémissement de la musique de Tchaïkovski en épousait le drame intime.

Lorsque la porte de la loge s'ouvrit enfin, j'avais largement eu le temps de réfléchir à ce que j'allais dire à mon patient et me préparais à lui faire part de mes réflexions sur sa vision du *Lac des cygnes*. Il ne m'en offrit pas l'opportunité.

Rudolf Noureev n'était pas seul dans sa loge. À côté de son amie Livia se tenait un jeune médecin, stéthoscope sur les oreilles, qui prenait la tension du danseur. Sur la tablette du grand miroir entouré d'ampoules, au milieu des boîtes de fond de teint, des pinceaux et des crayons, s'étalait un fouillis d'emballages de médicaments.

Le médecin défit le brassard du bras de son patient et lui donna une tape réconfortante sur l'épaule, avant de ranger le tensiomètre dans sa mallette. Il se présenta à moi comme étant le « docteur C., médecin de Rudolf », avant de diluer quelques sachets de poudre dans un verre d'eau et le tendre au danseur qui en avala le contenu d'un trait, comme il l'aurait fait d'une rasade de vodka. Livia F. glissa un mot à l'oreille de son ami qui se tourna vers moi, un œil démaquillé, l'autre encore cerné d'un épais trait de crayon ; il me salua d'un mouvement de tête et, sans attendre que je lui fasse part de mes impressions, me désigna les boîtes qui jonchaient la tablette :

— Voilà, Feller, vous et moi savons maintenant de quoi parler la prochaine fois.

Rien ne se passerait jamais comme prévu avec cet homme : une fois de plus la surprise était au rendez-vous. M'avait-il invité à le voir danser pour le connaître vraiment, ou son objectif était-il de me faire assister à cette scène ? Je repensai à son trouble lorsqu'il avait évoqué le sang tatar qui coulait dans ses veines : *notre sang c'est notre destinée*. La présence du docteur C. dans sa loge ainsi que les emballages de médicaments qu'il avait laissés bien en vue sur la tablette y apportaient leur début d'explication.

Rudolf Noureev effaça de son visage les dernières traces de maquillage, d'un geste énergique qui faisait rouler des muscles noueux sous la peau blanche de son torse. Livia décrocha d'un portant une tenue de ville qu'elle installa sur le dossier de sa chaise, puis nous fûmes invités à quitter la loge afin que le danseur puisse se changer. Quelques instants plus tard il sortait, béret sur la tête et long manteau sur les épaules ; nous regardant tous les trois il lança :

— Vous venez, nous dînons chez moi !

Le moment était crucial. Si j'acceptais son invitation – ou plutôt si j'obéissais à son commandement – nous sortions du cadre du traitement, et ce, d'une façon irrémédiable : un psychanalyste ne dîne pas chez ses patients !

Alors que faire? Le signal d'alarme que je connaissais si bien retentit, m'avertissant que j'étais à deux doigts de céder à la tentation de découvrir le lieu où vivait Rudolf Noureev, la curiosité l'emportant sur l'éthique. Pour me justifier, je fis appel à de très mauvaises raisons, dont je n'étais qu'à moitié dupe : nous étions engagés dans une relation atypique, et me montrer trop formaliste, face à un patient qui l'était si peu, risquait de nuire à la poursuite du travail. Je me dis également que je pouvais, après tout, m'astreindre à garder le silence durant ce dîner, à ne rien livrer de ma vie personnelle qui nuirait à la relation transférentielle. Il n'en restait pas moins que le plus simple et le plus professionnel des comportements eût été de refuser l'invitation, au nom d'un principe absolu.

Je pensai au regard réprobateur que ne manquerait pas de m'adresser Alain quand je lui raconterais cet épisode. J'aurais voulu lui faire jouer dans cette affaire le rôle de ma conscience morale, mais celle-ci ne penchait pas du côté de mon désir. Pour clore le débat, je finis par me dire que s'il m'était difficile de maintenir la distance nécessaire, Rudolf Noureev, quant à lui, saurait le faire : le narcissisme triomphant d'une star dressait entre elle et les autres une barrière bien plus solide que celle séparant un psychanalyste de son patient! Balayant mes derniers scrupules, je suivis sans plus attendre le petit groupe qui s'était déjà mis en route.

Pas un mot ne fut échangé durant le trajet. Rudolf Noureev avait pris place à côté de son chauffeur ; Livia F., le docteur C. et moi-même nous partagions le siège arrière. L'amie du danseur, dont je sentais l'hostilité latente, serrait ses bras contre sa poitrine pour éviter tout contact physique avec moi. Quels griefs nourrissait-elle à mon égard, elle qui s'était pourtant chargée de fournir mon adresse au danseur ? Elle avait, selon ses dires, son entière confiance, s'occupait de tout ce qui le concernait, le déchargeait des tracas du quotidien, tenant pour son idole un rôle on ne peut plus maternel. C'était sur ce dernier point que se jouait, à n'en pas douter, la rivalité imaginaire qui nous opposait. Je pensais à l'un de mes patients qui m'avait rapporté en riant les propos irrités de sa mère à mon sujet : « Qu'est-ce que tu racontes à ton psy que tu ne peux pas me confier à moi, ta mère ? »

La voiture nous arrêta face au numéro 23 du quai Voltaire, devant un immeuble dont les fenêtres, par-delà la Seine, contemplaient le palais du Louvre. À peine étions-nous arrivés dans l'appartement du danseur qu'il s'éclipsa pour aller se changer, pendant qu'un maître d'hôtel nous introduisait au salon, où nous fûmes invités à nous installer sur deux énormes sofas recouverts de velours de Gênes. Pouvait-on imaginer cadre plus proche d'un décor de théâtre? Lieu idéal pour prolonger une soirée en compagnie de Siegfried, la grande pièce aurait pu servir de modèle à la demeure du prince du *Lac des cygnes*. Les murs en étaient tendus de cuir de Cordoue, couronnés par une frise aux motifs gothiques, quelques bûches y flambaient dans l'âtre d'une cheminée monumentale. Surchargée de meubles, de fauteuils tourmentés de style vénitien, de lanternes sculptées, de miroirs dorés et de chandeliers en verre de Murano, la pièce aurait pu servir de vitrine à un antiquaire. Elle donnait surtout à voir, en plein cœur de Paris, un palais imaginaire, opulent et extravagant, où, hors du temps, se conjuguaient atmosphères et influences venues du monde entier : à travers un baroque assemblage de mobilier et d'accessoires décoratifs espagnols, russes, vénitiens ou moyen-orientaux, se déployait sous nos yeux le pur fantasme d'un collectionneur.

Le maître des lieux fit son entrée, drapé dans un kimono de soie où serpentaient des dragons aux yeux exorbités; il nous fit servir le champagne, et nous levâmes nos coupes à sa santé et à son succès. J'étais dans un autre monde, et même si je supposais à certains de mes patients un luxueux train de vie, je venais de faire mon entrée dans un univers onirique dépassant tout ce que j'avais connu jusqu'alors. Le plaisir que j'en éprouvais me faisait oublier mon défi aux règles élémentaires de la profession.

Nous fûmes conviés à passer à table, dans la salle à manger où une nouvelle surprise m'attendait : les murs en étaient recouverts d'hommes nus. Toiles de maîtres ou œuvres d'anonymes, toutes exhibaient éphèbes, athlètes ou personnages mythologiques dévêtus, en un inventaire exhaustif des anatomies masculines. Devant ce spectacle qui en disait long sur les inclinations de notre hôte, je compris mieux pourquoi, lors de sa première visite, le regard de Rudolf Noureev s'était attardé sur la silhouette dénudée de l'*Œdipe* d'Ingres, dont la gravure ornait le mur de mon cabinet.

La pièce était éclairée par des chandelles qui plongeaient les lieux dans une atmosphère irréelle, ombres mouvantes qui faisaient trembler meubles et objets, lueurs vacillantes qui semblaient donner vie aux corps sans voiles qui nous entouraient. La vaisselle disposée sur la table de marbre, ainsi que l'argenterie, était ancienne ; tout nous éloignait de l'époque contemporaine pour évoquer les fastes d'autrefois. La conversation, à laquelle la solennité des lieux imposait le chuchotement, tourna autour du spectacle qui venait de se dérouler, mêlant propos convenus et félicitations. Je demeurai, ainsi que je me l'étais promis, sur la réserve et écoutais avec attention le récit des succès passés du danseur ; les féroces portraits des partenaires prestigieux de la star, brossés par les trois convives, m'en apprirent beaucoup sur le monde de la danse et sur ses cruautés.

Vers la fin du dîner, il fut question d'une prochaine tournée à New York, dont l'enjeu semblait capital, à en croire Livia F., qui se faisait le chantre enthousiaste de la carrière du danseur. Il était temps, disait-elle à Rudolf Noureev, que les États-Unis admirent son travail et puissent constater ce qu'il avait fait du ballet de l'Opéra de Paris : rien de moins que la première compagnie du monde, loin devant le Bolchoï, le Kirov et surtout l'American Ballet Theater. Il fallait aussi leur apporter la preuve qu'il restait le plus grand, ajoutait-elle, que son règne était incontestable et qu'il n'avait pas été détrôné, comme certains le prétendaient, par Mikhaïl Barychnikov, cet autre transfuge de l'Union soviétique qui triomphait outre-Atlantique. Les grands crus dont nous nous étions régalés l'avaient rendue bavarde, ses yeux brillants reflétaient les flammes tremblantes des chandelles ; sa froideur l'avait quittée, et je ressentais à l'évidence à quel point son existence était suspendue à celle de son célèbre ami.

Ce fut notre hôte, d'un bâillement appuyé, qui nous signifia la fin de la soirée. Le docteur C., emportant sa mallette, s'isola un moment avec lui dans sa chambre, pendant que Livia et moi restions au salon, contemplant en silence les flammes qui dansaient dans la cheminée.

Sur le trottoir du quai Voltaire, alors que nous attendions nos taxis respectifs, le docteur C. m'entraîna à l'écart – il ne tenait manifestement pas à ce que Livia nous entende – et murmura à mon oreille :

— Rudolf va avoir plus que jamais besoin de nous deux… chacun dans notre domaine. Soyez présent auprès de lui, autant que je le suis. Je compte sur vous.

Dans la voiture qui me ramenait chez moi, je repensai aux événements de cette soirée, aux paroles du docteur C., qui en disaient long sur l'état de santé de Rudolf Noureev, et à ce que ce dernier m'avait confié sans un mot, en m'ouvrant la porte de sa loge, puis celle de son appartement. Il avait rendez-vous avec moi quelques jours plus tard et j'attendais beaucoup de ces séances à venir.

Croyait-il autant que moi aux effets positifs de ce travail ? Il se racontait, bien plus qu'il n'élaborait, laissait peu de place à mes interventions, encore moins à mes éventuelles interprétations, et si l'on en croyait Lacan lorsqu'il affirmait que le psychanalyste était pour son patient un *sujet supposé savoir*, j'avais la nette impression que Rudolf Noureev ne supposait rien de ce genre à mon sujet ! Il ne manquait jamais une occasion de s'agacer de mes lacunes, n'évoquait aucun mieux-être, et pourtant, semaine après semaine, il sonnait à la porte de mon cabinet, s'installait face à moi dans le fauteuil et déroulait son récit.

Fallait-il passer à une analyse plus classique? Une fois seulement je lui avais proposé de s'allonger sur le divan, mais son refus avait été catégorique, malgré mes explications : cette position pourrait lui apporter davantage de liberté dans ses associations, lui avais-je dit, et le fait de ne pas être en permanence sous mon regard laisserait davantage de marge à son imaginaire. N'ayant retenu que ces trois points : *liberté, s'allonger* et *sous mon regard,* il me répondit qu'il avait gagné sa liberté une fois pour toutes et que ce n'était pas un divan qui la lui apporterait; que personne n'avait jamais obligé Rudolf Noureev à s'allonger et qu'enfin c'était moi qui était sous son regard et non l'inverse. Une fois encore il avait gagné, l'analyse se poursuivrait donc en face à face... Quant à son utilité pour mon patient, je devrais bien me contenter de cette hypothèse : si la danse défaillait, alors ne lui restait que ce recours, le seul à pouvoir lui apporter le soulagement espéré.

Il nous faut parler, si nous ne voulons pas mourir de nos blessures : jusqu'à présent, seul le langage de la danse avait permis à Rudolf Noureev d'exprimer désirs, douleurs et nostalgie, mais aujourd'hui que son corps commençait à l'abandonner, un manque se faisait sentir. S'il voulait survivre, il lui fallait maintenant confier à quelqu'un ce mauvais sort qu'un corps épuisé ne pouvait plus conjurer et ces plaies héritées de l'enfance que la danse ne pouvait plus refermer.

Quand le taxi me déposa devant mon immeuble, je restai un instant pensif, hésitant à en pousser la porte.

De nombreux rendez-vous remplissaient mon agenda pour le lendemain et il aurait été plus raisonnable de rentrer chez moi, cependant j'allumai une cigarette et fis les cent pas sur le trottoir de ma rue, déserte à cette heure. Quelque chose me retenait, une pensée mélancolique : rentrer chez soi, est-ce rentrer là où quelqu'un vous attend ? Personne ne m'attendait ; il en était de même pour Rudolf Noureev : ni femme, ni compagnon, ni enfant ne partageait avec lui l'appartement du quai Voltaire qui, aussi vaste soit-il, ne pouvait être habité que par sa solitude, comme un somptueux écrin au cœur duquel brillait son narcissisme. C'était pourquoi entrer sur scène était pour le danseur la seule façon de rentrer là où l'attendait celui qui l'aimait, d'un amour exclusif : son public.

La nuit était douce : exhalant des panaches de fumée qui se dissipaient dans l'air comme des spectres, je rallongeai ma promenade autour du pâté de maisons, mes pas résonnant dans le silence. Habité par un mélange d'excitation et de nostalgie, je n'avais pas sommeil. Cette soirée avait réveillé de troublants souvenirs, ravivant la fierté de cette entrée dans le palais Garnier au bras de ma mère et notre émotion partagée, quand nos mains s'étaient étreintes dans l'obscurité pendant que résonnait le fameux thème de Tchaïkovski. C'était à n'en pas douter le caractère œdipien de cette scène, davantage que le ballet lui-même, qui m'avait rendu cette soirée inoubliable.

Ma visite dans l'univers onirique et opulent du palais baroque, revanche éclatante du danseur sur la misère de son enfance, était elle aussi entrée en résonnance avec mon histoire, et je me demandais ce que mes modestes commerçants de parents auraient ressenti à voir leur fils attablé en si prestigieuse compagnie, dans les fastes d'un tel cadre. Décidément, cette rencontre n'avait pas fini de me troubler : aucun patient jusqu'à présent n'avait provoqué en moi de tels émois, ni bousculé autant ma pratique.

Ce soir-là, soufflant une dernière bouffée de fumée avant de franchir le porche de mon immeuble, force m'était de constater que les événements avaient pris pour moi une nouvelle tournure : finie la neutralité bienveillante, oubliée la distance nécessaire que je n'avais ni su, ni voulu imposer. J'avais dépassé une limite, il me serait dorénavant impossible de faire machine arrière, d'autant que les paroles du jeune médecin me revinrent, comme un pacte scellé entre nous sur le trottoir du quai Voltaire et auquel je savais que j'allais rester fidèle : oui, le docteur C. pouvait compter sur moi, je serais présent auprès de Rudolf Noureev.

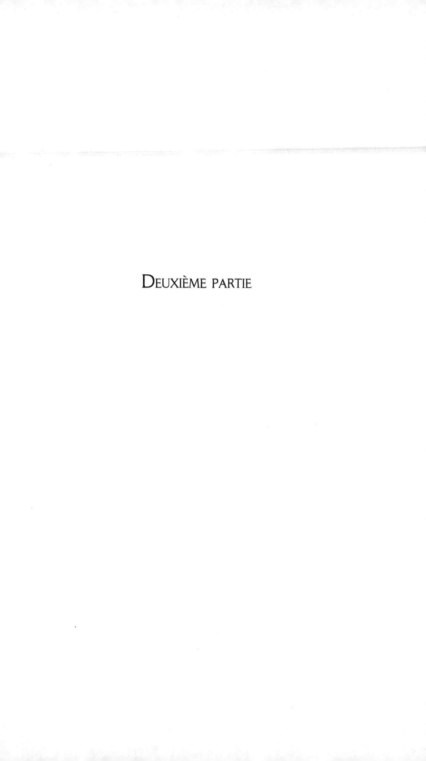

DEUXIÈME PARTIE

Le jeune funambule se déplaçait sur la pointe des pieds, agitant devant ses yeux une bandelette de papier. Il évitait mon regard, arpentait fébrilement la pièce et effleurait du bout des lèvres les jouets que j'avais disposés sur mon bureau, comme s'il voulait les goûter. Tout mon travail avec l'enfant consistait à apprivoiser sa peur, à surmonter sa répulsion pour le contact physique, qui l'amenait à pousser des cris d'angoisse dès qu'on l'approchait de trop près. Au fil des séances j'y parvenais, lui chantant des comptines, déposant des mots sur la terreur que lui inspirait le monde, pénétrant avec précaution dans la bulle de cristal qui le protégeait de toute relation avec les autres. Le raccompagnant dans la salle d'attente pour qu'il y retrouve sa mère, je le regardais avancer devant moi de sa démarche sautillante, toujours au bord de la perte d'équilibre, et le saluai d'un :

— À la semaine prochaine, petit danseur !

Décidément, l'influence de mon fameux patient s'amplifiait…

Mes consultations occupaient durant la semaine l'essentiel de mon temps, mais j'attendais impatiemment le jour de mon rendez-vous avec Rudolf Noureev. J'avais pourtant dans ma clientèle quelques nouveaux cas dont la singularité aurait pu suffire à m'intéresser, comme ce businessman dont la honte était de n'accéder au plaisir que langé comme un nourrisson, ou cette jeune actrice de films X, lectrice passionnée de Sade, dont l'ambition était de construire une nouvelle *Philosophie dans le boudoir*, sans parvenir à en écrire la première ligne. J'étais suffisamment à distance de leurs préoccupations pour ne m'y sentir aucunement impliqué et je pouvais donc sereinement les décrypter, comme c'était le cas pour ce comédien chez qui la peur du trou de mémoire avait pris de telles proportions qu'il en était à refuser des engagements pourtant prometteurs pour sa carrière.

Un jeune père de famille était également venu me consulter ces derniers jours, extrêmement angoissé par ce que nous appelons, dans notre jargon, des *phobies d'impulsion* : l'idée obsédante et terrifiante de faire du mal à ses propres enfants, et la recherche des origines de cette peur se révélait passionnante.

Chacune de ces rencontres augurait d'une nouvelle expédition en *terra incognita*, sur laquelle j'allais m'aventurer en compagnie de celui ou de celle qui était venu demander mon secours. Mon métier m'apportait de grandes satisfactions, mais, s'ils sortaient de l'ordinaire, tous ces cas faisaient cependant partie de mon quotidien, quand les rencontres avec Rudolf Noureev m'en éloignaient, m'entraînant au cœur d'un univers qui m'attirait irrésistiblement.

Vous et moi savons maintenant de quoi parler la pro-chaine fois, m'avait-il dit après le spectacle, en me dési-gnant les plaquettes de médicaments qui encombraient la tablette, sous le miroir de sa loge.

Le moment était arrivé et, sans préambule, il avait commencé par ces mots :

— Ils appellent cette maladie « cancer des gays ». Ce sont mots horribles, comme punition du ciel, et je ne crois pas au ciel. Mais même s'ils ne savent pas encore guérir je ne mourrai pas de ce mal, pas moi, pas Rudolf Noureev.

En ces années quatre-vingt, le fléau qui allait faire tant de victimes des deux sexes, tous âges confondus et pour des causes aussi variées que la toxicomanie, la transfusion sanguine ou l'activité sexuelle avec un par-tenaire contaminé, était encore mal connu. Pour une partie de l'opinion publique, cette foudre s'abattait sur ceux qui se livraient à des pratiques jugées déviantes, et cet *a priori* stigmatisait la communauté homosexuelle. Comme ce serait encore le cas des décennies plus tard, certains traitements pouvaient ralentir l'évolution du mal, mais aucun n'en venait définitivement à bout.

— Trois ans déjà que je sais, que je vis avec mort qui attend dans mon sang ; elle m'a accompagné voir *moya mat* à Oufa, elle prend la classe avec moi ; à la barre, sur scène, elle est dans mes pensées tous les jours… mais tous les jours danse et travail la font reculer !

Inquiété par des poussées de fièvre et par un amaigrissement inexplicable, Rudolf Noureev avait en effet découvert sa séropositivité trois ans auparavant. C'était le docteur C. qui lui avait confirmé le diagnostic, et le jeune médecin, fin connaisseur du ballet et passionné par le monde de la culture, avait su gagner sa confiance et lui proposer les traitements les plus adaptés.

Le danseur l'affirmait : face à la maladie, il allait faire preuve de la même détermination que dans bien d'autres situations pénibles de sa vie. Il aurait raison du poison qui circulait dans son sang et ce dernier ne mettrait pas un terme à son existence, encore moins à sa carrière. Ainsi en avait décidé Rudolf Noureev.

— Ils vont trouver dans un mois, dans un an. Ils ont bien guéri syphilis…

Ce n'était pas un virus, aussi terrible et invincible fût-il, qui empêcherait Noureev de danser, ni d'espérer. Il me regarda droit dans les yeux et ajouta :

— Il y a corps et esprit, les deux aussi importants pour lutter contre ennemi. Le docteur C. et vous, Feller, tous deux vous allez m'aider dans le combat.

Repensant au pacte conclu avec son jeune médecin et renonçant définitivement à une analyse classique, je lui répondis, soutenant son regard :

— Je m'y engage, vous pouvez compter sur moi.

Il parut soulagé, se détendit quelque peu, puis ajouta :

— Mais personne ne doit savoir, personne. Seuls vous et docteur C.

Je n'en fus pas étonné : s'il était hors de question pour lui que quiconque connaisse ses blessures, comment imaginer que soit rendue publique une atteinte aussi intime et révélatrice qui ternirait son image ? J'en avais assez dit et n'eus qu'à incliner la tête en guise d'assentiment. Cette nouvelle marque de confiance de sa part m'autorisa cependant à lui poser deux questions : savait-il qui lui avait transmis le virus ? Il eut un petit rire amer et son geste vague de la main laissa supposer que le choix était vaste. Et n'avait-il connu que des hommes ?

— Je n'aime pas catégories, je ne suis ni homo ni hétéro, je suis sexuel, simplement.

Il marqua un temps :

— J'ai connu beaucoup d'hommes et j'ai aimé quelques femmes, elles plus avec cœur qu'avec sexe.

Les hommes en question n'avaient pas de nom, à l'exception d'un seul, l'unique, qui ferait plus tard son apparition dans le récit de ses amours ; les femmes en revanche s'appelaient Meina, sa première relation à Leningrad, une jeune danseuse de son âge avec laquelle il avait même envisagé de se marier, Clara, celle à qui il devait sa liberté, et Margot, bien sûr, avec laquelle il formerait un couple mythique.

— Et Livia ?

— Livia est amie chère, précieuse, mais amie seulement. Elle très amoureuse et vouloir un enfant de moi. Elle a souvent proposé fécondation avec éprouvette si je ne voulais pas vrai contact. Mais j'ai toujours refusé : pas de place sur cette planète pour deux Noureev.

Il ne pouvait savoir précisément qui l'avait infecté, mais il était conscient que sa pratique débridée du sexe avec des partenaires innombrables, le plus souvent des rencontres de hasard, avait invité le terrible virus dans ses veines. Si la danse était essentielle à sa vie, le sexe ne l'était pas moins, me dit-il, et totalement désinhibé sur ce sujet il me fit le récit de ses nuits, ne m'épargnant aucun détail scabreux, sans doute autant pour tester mon ouverture d'esprit que ma capacité à l'écouter sans le juger. Il me fallut parfois l'interrompre et lui demander la signification de certains termes comme *backroom* ou *glory hole*, pour comprendre que partout dans le monde, les boîtes gay possédaient une arrière-salle où, dans une obscurité complice, il rencontrait des partenaires dont il distinguait à peine le visage, quand ce n'était pas simplement leur sexe qui s'offrait à lui, glissé dans une ouverture pratiquée à cet effet au milieu d'une cloison.

Invité par de riches admirateurs, il se voyait souvent proposer par l'hôte des lieux, en guise de cadeau de bienvenue, un jeune homme choisi pour l'occasion. Dans chaque ville, dans chaque pays où le conduisaient ses tournées, ses soupers d'après spectacle lui offraient pour dessert de sportives parties de sexe. Il consommait ainsi une chair fraîche qui ne se refusait jamais, attirée par sa renommée, et s'il se faisait une règle de ne pas entretenir de relations avec les danseurs qu'il dirigeait, il n'avait qu'à faire son choix dans la file des jeunes admirateurs qui l'attendaient à la sortie des artistes ou dans les bars qu'il fréquentait tard dans la nuit.

Je pensais, en l'écoutant, au fameux air du catalogue chanté par Leporello dans le *Don Giovanni* de Mozart, lorsqu'il dénombre les *mille e tre* conquêtes de son séducteur de maître :

En Italie six cent quarante
En Allemagne deux cent trente et une
Cent en France
En Turquie quatre-vingt-onze…

Mille e tre peut-être, mais un seul, se détachant d'un tableau de chasse qui ne lui avait apporté que d'éphémères satisfactions, un seul pourtant dont le souvenir le hantait et à qui, comme à *moya mat*, il avait fait ses adieux peu de temps auparavant. Un déchirement de plus dans une vie qui en comptait déjà tant.

Erik.

Il avait prononcé à mi-voix le nom du seul, de l'unique. Ses doigts s'étaient crispés sur les accoudoirs et une véritable tristesse, qu'il ne pouvait contenir, avait pour la première fois embué ses yeux. Il se réfugia dans un long silence, habité par l'image de celui qui avait tant compté.

— *Dorogoy Erik...* L'année dernière, j'ai fait voyage jusqu'à Toronto pour l'embrasser une dernière fois, comme je l'ai fait cette année, pour *moya mat.* Il est mort deux jours plus tard ; ils ont dit cancer du poumon parce qu'il fumait beaucoup mais je crois maintenant qu'il avait même maladie que moi dans son sang.

— Qui était Erik ?

Il eut un sursaut, comme choqué par l'indécence de ma question, nouvelle preuve de ma méconnaissance en matière de ballet :

— Erik Bruhn, plus grand danseur du siècle !

Que Rudolf Noureev employât ce qualificatif pour un autre que lui-même en disait long sur l'admiration, et l'amour, qu'il portait à cet artiste, et c'était une fois encore en russe qu'il avait exprimé son sentiment : *dorogoy Erik,* Erik chéri...

Il m'expliqua qu'Erik Bruhn, artiste danois de renommée internationale, était l'exemple même du *danseur noble,* au physique aristocratique. De dix ans son aîné, aussi élancé et élégant que Rudolf était noueux et puissant, aussi intérieur et retenu que son cadet était spectaculaire et expansif, il était né pour incarner les princes mélancoliques, Hamlet idéal, partageant avec le fantomatique habitant d'Elseneur un penchant certain pour l'ombre et la tristesse. Avant même de devenir son amant, Rudolf Noureev admirait la pureté de son style aérien et rigoureux, une propreté d'exécution qui était la signature de l'école danoise, héritière du chorégraphe Bournonville. Rudolf enviait à Erik son sens inné de l'élégance, il aurait aimé avoir les longues jambes fines de son aîné et connaître le secret de ses incomparables ports de bras.

— Même les princes ont besoin d'un maître... Siegfried avait Rothbart, j'avais Erik ; il était modèle pour moi, homme et danseur m'ont appris beaucoup...

Il poursuivit, détaillant la passion qui les emporta durant leurs quelques années de vie commune ; pour la première et unique fois, le cœur et le corps du jeune danseur s'enflammaient de concert, loin des amours platoniques ou des étreintes de passage. Prenant la classe ensemble, s'observant et se stimulant mutuellement, ils recherchaient, dans le miroir tendu par l'autre, l'arabesque la plus pure, la pirouette la plus accomplie. Leur amour s'était nourri de l'amour de la danse, et ce fut elle, qui avait présidé à leur rencontre et embrasé leurs sentiments, qui causa leur éloignement, tant l'irrésistible ascension de la carrière du jeune danseur russe éclipsa celle, sur le déclin, de son amant magnifique.

— Je n'ai pourtant jamais dépassé Erik, mais lui ressentait jalousie et souffrait, beaucoup, par ma faute…

Personne, ajouta-t-il, n'avait depuis remplacé dans son cœur le prince du Danemark.

J'étais de nouveau quai Voltaire mais, dans le salon, l'atmosphère du souper d'après spectacle avait considérablement changé. Plus de conversations à mi-voix, plus de considérations sur le ballet : la tranquille assemblée avait été remplacée par une foule de corps dévêtus en proie à une frénésie sexuelle. Les deux grands sofas sur lesquels nous avions bu le champagne servaient de couches aux nombreux couples qui s'y ébattaient, indifférents à mon regard. Attiré par un choral de râles et de soupirs provenant de la salle à manger, je m'y rendis pour constater que la pièce tapissée de nus masculins servait maintenant de cadre à une véritable orgie, au cœur de laquelle s'étreignaient des hommes de tous âges et de toutes origines. Orchestrant ces ébats, nu sur la table de marbre où nous avait été servi le dîner, le corps couvert de larges taches de fond de teint brun, Rudolf Noureev jouait du syrinx, offrant à tous son profil, comme sur une peinture ornant un vase antique. Mon arrivée stoppa net l'ardeur des participants qui se tournèrent vers le faune, attendant ses instructions. D'un geste il leur intima le silence, puis les invita à assister au spectacle : se levant lentement, il m'invita à le rejoindre et, sa main appuyant sur ma nuque d'un geste autoritaire, il approcha mon visage de son sexe.

Je me redressai dans mon lit, le souffle court, tentant de chasser ces dernières images. Cela devait arriver : après avoir recueilli ses confidences torrides durant la séance de la veille, j'avais rêvé d'une relation sexuelle avec lui. Pire, il me soumettait à son désir en m'imposant cette fellation qui assurait son empire sur moi. Je ne pouvais me voiler la face : si ce geste affirmait clairement sa volonté de domination, il ne lui appartenait pourtant pas ; ce n'était pas Rudolf Noureev qui m'obligeait à l'honorer de cette façon, c'était moi-même. J'étais seul maître d'œuvre de ce spectacle obscène : c'était moi qui avais dirigé sa main, mis en scène cette bacchanale, composé le décor, donné mes indications aux figurants, écrit le scénario. C'était moi, encore, qui avais représenté le danseur dans la posture et le costume du *Prélude à l'après-midi d'un faune*, dont j'avais vu la photo sur la couverture de l'album qui lui était consacré, où, tel le dieu Pan, il s'offrait à l'adoration des nymphes.

Je n'étais ni une nymphe, ni un habitué des orgies gay : il est toujours étonnant, même pour un psychanalyste, de constater à quel point un rêve peut mettre crûment en scène des situations dans lesquelles nous ne nous reconnaissons pas. Si j'étais troublé par la

stature de Rudolf Noureev et séduit par sa personnalité, je n'avais jamais pour autant envisagé, ni souhaité,
une intimité physique avec lui. Et cependant j'avais fait
ce rêve, si direct et si choquant : familier des ruses de
l'inconscient, comment aurais-je pu prétendre qu'il ne
correspondait chez moi à aucun désir caché ?

La pratique de l'analyse m'avait appris à décrypter
les rêves et leur signification latente : les expériences
sexuelles que Rudolf Noureev avait évoquées devant
moi avaient manifestement réveillé quelques émois de
mon adolescence, que je croyais avoir oubliés et qui
s'étaient pourtant frayé leur chemin pour réapparaître,
à la faveur de cette nuit. Mais une autre interprétation
pouvait s'ajouter à celle-ci : fallait-il voir dans la crudité
de la scène une réalisation sexuelle à proprement
parler, ou plutôt une situation symbolique où je tentais
de m'approprier ce qu'incarnait pour moi le danseur :
puissance, détermination et courage, ces dimensions
éminemment phalliques ? Cette dernière hypothèse
me convenait davantage et je la privilégiai, non dupe
du fait qu'elle était pour moi la moins dérangeante.

Passablement perturbé par ce rêve, je ressentis le
besoin d'aller en parler à mon ami. Il me fallut tout
d'abord lui avouer la série d'entorses que j'avais fait
subir à l'éthique de la cure : l'invitation au spectacle, le
dîner quai Voltaire, la capitulation sur un certain
nombre de règles sur lesquelles je me montrais d'ordinaire intraitable. À mon grand étonnement, celui à qui
je faisais jouer le rôle de conscience morale se montra
plus tolérant :

— Après tout, faut-il vraiment appliquer à tous ceux qui viennent nous consulter les mêmes préceptes, sans tenir compte de leur spécificité ? Ton Noureev te pousse dans tes retranchements ; tu ne peux pas t'abriter derrière une orthodoxie sans failles, alors il te faut inventer, sans cesse. Tu sais bien que chacun de nos patients nous impose un style d'intervention ; ils découvrent leur vérité autant qu'ils nous en apprennent sur la nôtre, et si nous refusons de les suivre sur certains territoires, c'est que la résistance est de notre côté !

Il était temps de lui raconter mon rêve mais, contrairement à moi, Alain s'amusa beaucoup de la scène orgiaque dont je lui fis le récit, et particulièrement de sa conclusion. Je fus cependant soulagé que son interprétation rejoigne celle qui avait ma préférence :

— Sur la table de marbre où vous aviez soupé, dis-tu ? Ce que tu représentes comme une fellation ne serait pas plutôt un repas totémique ? Souviens-toi de ce que dit Freud : manger l'autre, l'aimé ou l'ennemi, c'est mettre la force de ce dernier à l'intérieur de soi ! Quelle puissance supposes-tu à ton patient, dont tu te crois dépourvu ? Décidément, du côté du contre-transfert, tu y vas fort !

Rudolf Noureev arriva très préoccupé à la séance suivante, et pendant qu'il s'installait me revinrent les images de mon rêve : s'il savait dans quelle situation je l'avais impliqué, à son insu ! Il était songeur, et son regard fixait à nouveau une lointaine ligne d'horizon.

— J'ai reçu mauvaises nouvelles de Margot, elle aussi très malade. Elle a parlé de cancer qu'on ne pourra pas guérir.

Il soupira :

— Margot, elle aussi…

Pour Rudolf Noureev, l'heure du deuil était venue. Dans le ciel de la danse les étoiles s'éteignaient une à une, renvoyant le danseur à sa solitude, et, tapie dans son sang, la mort le frappait déjà à travers ceux qu'il aimait.

Je lui demandai s'il souhaitait parler de sa relation avec Margot Fonteyn. L'évocation d'Erik Bruhn l'avait visiblement bouleversé, aussi je craignais qu'il ne soit trop tôt pour raviver de nouvelles douleurs et j'allais sans doute essuyer un refus.

Il n'en fut rien, son besoin de se raconter se faisant de plus en plus pressant, sous la menace d'un drame dont il voulait retarder l'échéance.

— J'ai vécu quelques années avec Erik et dix-sept avec Margot ! Un record pour moi, si changeant…

— Était-ce le même genre de relation qu'avec Erik Bruhn ?

— Il y a différentes façon d'aimer…

— Mais l'avez-vous aimée autant que lui ?

— Margot était une femme, répondit-il laconiquement.

Margot Fonteyn avait en commun avec Eric Bruhn élégance et noblesse ; si l'allure princière de l'artiste danois avait séduit le jeune Rudolf, l'aristocratique Margot, dont le portrait n'aurait pas déparé parmi ceux de la famille royale d'Angleterre, avait tout pour fasciner le jeune danseur. Star incontestée, elle était la *prima ballerina assoluta* du Royal Ballet, et, arrivant au terme d'un parcours exemplaire, elle pensait, non sans déchirement, à se retirer. Mais, contrairement à Erik Bruhn qui avait pâti de l'ombre que lui faisait l'étoile montante de la danse, la rencontre de Margot Fonteyn avec Rudolf Noureev relança pour elle de manière fulgurante une carrière qui commençait à s'essouffler.

— Margot m'a vraiment fait naître, mais je lui ai redonné vie…

Elle aurait pu être sa mère, au vu de leur différence d'âge, ce qui n'empêcha pas le jeune danseur d'entraîner sa partenaire dans le vertige de dix-sept années de triomphes. La princesse et le moujik : mère, confidente ou sœur, Margot réalisait avec Rudolf Noureev, au cours de leurs adages, la fusion parfaite de la grâce et de la force, de l'élégance et de la rudesse.

Ce fut leur première apparition dans *Giselle*, me précisa-t-il, qui consacra leur union artistique, un soir de 1962, union qui fut célébrée à Covent Garden avec pour témoins la reine mère et la princesse Margaret dans la loge d'honneur.

— Un vrai mariage... lui dis-je, mettant l'accent sur la façon dont il avait présenté leur premier succès commun.

— Un inceste, plutôt... sourit-il, me prouvant qu'il n'avait décidément pas peur des mots.

Je lui demandai de me préciser l'argument du ballet, ce qui eut une fois encore le don de l'agacer :

— Tout le monde connaître *Giselle* !

— Ce n'est pas l'histoire qui m'importe ici, mais votre regard sur elle...

À contrecœur, il expédia en quelques phrases les grandes lignes de ce drame romantique dans lequel une jeune paysanne, apprenant que son amoureux Albrecht était en réalité le noble fiancé d'une princesse, sombrait dans la folie et mourait. Au deuxième acte, la reine des ombres, pour son châtiment, condamnait le prince à danser jusqu'à l'épuisement...

— Danser jusqu'à l'épuisement ?

Je pensais à la façon dont il demandait l'impossible à

un corps à bout de forces, jouant sa vie dans chacune de ses interprétations :

— Pour châtiment d'avoir abandonné une femme, qui en est morte ?

La scène inaugurale de l'aéroport du Bourget, théâtre d'un choix déchirant, m'avait inspiré cette question. Sa réaction fut immédiate ; il murmura, comme une évidence :

— Je sais à qui j'ai pensé quand j'ai laissé tomber pluie de lys sur la tombe de Giselle...

Puis il ajouta que c'était précisément cette scène du deuxième acte qui avait, selon la presse, provoqué dans la salle une émotion sans précédent... Il secoua la tête, comme pour chasser un mauvais rêve, et son expression songeuse laissa place à un franc sourire : nous changions de sujet.

— Vingt-quatre rappels ! dit-il avec enthousiasme, comme s'il parlait d'un spectacle de la veille. Ce n'était pas ce record, digne de figurer dans le *Guiness,* qui lui en rendait le souvenir si proche, mais plutôt le fait que le jeune prodige avait ce soir-là été adoubé à la fois par la famille royale, le public et sa partenaire, devant laquelle il mit genou à terre, déclenchant un nouveau tonnerre d'applaudissements.

— Le public a adoré. Comme si *Dame* Margot faisait de moi chevalier de l'Empire britannique !

Puis, tristement, il ajouta :

— Elle finit sa vie maintenant au Panama, malade, elle soigne mari paralysé, et j'ai toujours peur de recevoir mauvaises nouvelles. Margot a été chance de ma vie...

Une ombre passa sur son visage :
— Mais je crois que chance m'a abandonné.

Sa voix s'était brisée ; je pensai qu'il allait s'effondrer, pour la première fois devant moi mais, pas davantage qu'il ne s'excusait, ni ne remerciait, Rudolf Noureev ne s'autorisait à pleurer.

— Tristan Feller ? Docteur C. à l'appareil…

Je m'inquiétai aussitôt. Quelle mauvaise nouvelle me valait ce coup de téléphone du médecin ?

— Pardonnez-moi de vous déranger, mais le départ pour la tournée à New York se rapproche et je voulais m'assurer que vous aviez, tout comme moi, pris vos dispositions pour vous libérer durant cette période. Rudolf compte vraiment sur nous deux…

Je fus sidéré : jamais n'avait été évoquée, durant mes derniers entretiens avec le danseur, l'hypothèse que je l'accompagne aux États-Unis. Mon accord était donc pour lui une telle évidence ?

— Combien de temps va durer cette tournée ? demandai-je au jeune médecin, sachant que ma question était à elle seule un acquiescement. Dans quelle nouvelle dérive étais-je en train de me laisser entraîner ?

— Trois semaines, dont une à Washington pour finir.

Même si j'accédais à sa requête, je ne pouvais abandonner ma clientèle pendant une aussi longue période.

De plus je voulais que Rudolf Noureev m'en fasse directement la proposition, ce que je signifiai au docteur C.

— Voyez cela avec lui, mais essayez au moins de vous libérer pour ses débuts à New York qui ont l'air de beaucoup l'inquiéter…

Je ne voulus rien promettre, pressentant que j'allais encore faire preuve de faiblesse, mais profitai de cette conversation pour en apprendre davantage sur l'état de son patient. Le docteur C. s'exclama :

— Il est incroyable ! Quelle que soit la menace qui plane sur lui il ne change rien à son emploi du temps, ni au moindre de ses projets. Est-il dans le déni ou a-t-il simplement décidé que rien ne l'empêcherait de poursuivre sa carrière ? Vous êtes mieux placé que moi pour en juger…

À quel stade de la maladie en était-il ? Avait-on quelque espoir ?

— Personne jusqu'à maintenant n'a survécu. Il est en sursis, mais il est vrai que Rudolf n'est pas un patient comme les autres…

Ni pour son médecin, ni pour son psychanalyste, je confirmais.

— On tâtonne encore. Je lui ai proposé de tester une nouvelle molécule, l'AZT, dont les résultats semblent prometteurs, mais les effets secondaires l'obligeraient à réduire ses activités et à se reposer davantage, alors, bien sûr, il l'a refusée. J'ai retrouvé chez lui une dizaine de plaquettes qu'il n'avait même pas entamées, je lui en ai fait le reproche, mais allez donc faire la leçon à Rudolf! Il est entré dans une colère noire et j'ai bien cru que notre collaboration allait s'arrêter là. Peut-être parviendrez-vous à lui faire entendre raison lorsque nous serons de l'autre côté de l'Atlantique, d'autant que cette tournée va beaucoup le fatiguer. Nous ne serons pas trop de deux... souvenez-vous de ce dont nous sommes convenus...

Il raccrocha, me laissant à mes hésitations.

Je pensais naïvement que la question de ma venue à New York serait la première que Rudolf Noureev aborderait. Il n'en fut rien : préoccupé par ses démêlés avec le Ballet de l'Opéra de Paris, il souhaitait utiliser sa séance pour les évoquer.

— Ils voudraient que je prenne retraite, que je ne sois plus danseur mais seulement directeur !

Il lâcha un petit rire méprisant :

— Retraite ! Je ne connais pas ce mot ! Bon pour fonctionnaires, pour travail de bureau ! Opéra petit-bourgeois, j'ai enlevé poussière, secoué routine, j'ai bousculé hiérarchie aussi, j'ai fait danser en étoiles de jeunes danseurs pas encore nommés !

— N'avez-vous bousculé que la hiérarchie ? lui demandai-je, pensant à la réputation de violence qui l'entourait.

Avec un plaisir évident, il me raconta les emportements et les injures qui lui avaient valu les plus vives réactions du Ballet dans les débuts de sa prise de fonctions. Cette situation s'était répétée suffisamment pour que les délégués, ainsi que le syndicat CGT de la maison, exigent de lui des excuses publiques, que tout le monde attendait encore. Il avait également giflé devant témoins un professeur, ancienne étoile, assez violemment pour lui fêler la mâchoire, et avait été condamné à lui verser une indemnité.

Il ne pouvait cacher sa satisfaction en racontant cet épisode, qu'il ne regrettait aucunement. Puis, comme un enfant rebelle qui s'enorgueillit de ses mauvais coups, il ajouta avec un sourire espiègle :

— J'ai mauvaise habitude aussi, c'est jeter Thermos de thé à la tête de danseurs qui ne font pas correctement chorégraphie !

— Décidément, vous n'avez pas oublié Hamet… lui dis-je, le prenant manifestement de court.

Comme chaque fois que je touchais juste, il marqua un temps d'arrêt. Il promena un doigt sur sa lèvre supérieure, où restait gravé le souvenir de son père ; ses yeux clignèrent à plusieurs reprises puis soudain il s'anima, passant sans transition à un autre sujet.

La liste de ses actions positives pour le Ballet était très longue, me dit-il ; devant tant de progrès et d'améliorations, de quel poids pouvaient bien peser les quelques accès de mauvaise humeur dont il avait fait preuve ? Il ne laisserait pas à l'Opéra le seul souvenir de ses brutalités : il avait aussi obtenu, pour le plus grand confort des danseurs, de nouveaux studios de répétitions ; il s'était donné sans compter pour apporter plus de lustre à la compagnie ; il travaillait de jour comme de nuit; il avait apporté avec lui le grand répertoire russe de Marius Petipa et fait revivre des ballets disparus du répertoire, voire jamais programmés à Paris, comme *Raymonda*; il avait découvert de nouvelles jeunes étoiles éblouissantes, dont Sylvie Guillem; il emmenait maintenant la troupe à la conquête de New York...

Il venait de me donner l'opportunité de mettre fin à ce flot d'autocongratulations. Je l'interrompis pour lui parler du coup de téléphone du docteur C. à propos de la tournée aux États-Unis, ajoutant qu'il m'aurait été agréable qu'il m'en fît lui-même la demande. Je n'attendais évidemment pas d'excuses de sa part, mais j'insistai sur le fait que l'on ne disposait pas ainsi de mon temps. Certes, je n'oubliais pas ce que je lui avais promis, et s'il pouvait dorénavant compter sur moi, ma disponibilité n'était pas pour autant sans limites.

Pauvre défense de ma part, qu'il s'empressa de balayer, esquivant la question des bonnes manières, qui n'était pas la première de ses préoccupations :

— Un voyage tous frais payés, dans ville si excitante, où est problème? Enjeu très important que cette tournée et l'inquiétude est très mauvaise pour ma santé, vous comprendre cela : aider c'est votre métier, non?

J'avais connu l'irascible, l'orgueilleux, mais il venait de laisser parler un personnage qui ne s'était encore jamais exprimé au cours de nos rencontres : le manipulateur. C'est à ce dernier, auquel il était le plus difficile de s'opposer, que je répondis :

— J'ai des obligations qui me retiennent à Paris, et des responsabilités, moi aussi. Quoi qu'il en soit, si je décidais de venir vous rejoindre à New York, ce ne serait que pour quelques jours.

J'avais déjà abdiqué. Une fois encore je me soumettais à son pouvoir, cédant à cette nouvelle tentation de vivre une expérience excitante. Je tentai de faire appel à mon sens de l'humour : ne nous montrons pas trop rigide, me dis-je, nous allons pratiquer une thérapie à l'américaine, dans ce Manhattan où aucune personnalité ne prend de décision sans avoir auparavant consulté son médecin, son avocat et son psychanalyste !

Il savait qu'il avait gagné, il n'avait d'ailleurs jamais douté de sa victoire :
— Dès que vous aurez décidé de la date, Livia vous enverra billet. Vous logerez chez moi, au Dakota.

En acceptant le dîner chez Rudolf Noureev, j'avais dépassé bien des limites ; alors que dire du fait de le rejoindre à New York et, qui plus est, d'habiter chez lui ! Alain pousserait de hauts cris en apprenant cette nouvelle. Quant à Freud et Lacan, ils allaient se retourner dans leur tombe... mais je n'en étais plus à me soucier de leur avis, fût-il posthume ! Inutile de proposer au danseur de me réserver une chambre dans un hôtel voisin, il l'aurait évidemment refusé. Quoi qu'il en soit, ce n'était pas une entorse de plus à mes principes qui allait changer le cours des choses : rien ne pourrait dorénavant remettre notre relation sur les rails d'une cure classique...

C'est pourquoi, une semaine plus tard, ayant fait taire mes scrupules, obtenu d'urgence un visa et donné congé à mes patients pour les quelques jours à venir, je m'envolai à destination de Kennedy Airport.

Durant le trajet, je me demandai ce qui me faisait malmener à ce point les règles élémentaires de la profession. Était-ce la menace qui planait sur mon patient ? Je n'en avais connaissance que depuis peu, je ne pouvais donc prétexter une urgence vitale ; la réponse était ailleurs, dans une sorte d'évidence : certaines rencontres vous amènent à modifier de manière radicale vos positions, et celle-ci en faisait indéniablement partie.

Rudolf Noureev avait obtenu ce qu'il désirait, et si je lui enviais son extraordinaire parcours, j'admirais surtout chez lui cette autorité sans faille qui faisait plier tous ceux qui l'entouraient, à commencer pas son psychanalyste, qui se croyait jusqu'alors à l'abri derrière sa technique et sa neutralité. Mon rêve l'avait clairement exprimé...

Au moment de la descente, alors que la statue de la Liberté n'était encore qu'un point blanc sur l'Océan, je ressentis une excitation que je n'avais pas connue depuis longtemps : avec Rudolf Noureev j'allais côtoyer un monde de lumière où l'effort et la souffrance se faisaient oublier derrière la poésie de chaque pas.

Le taxi jaune traversa d'interminables banlieues, petits pavillons tous identiques et barres d'immeubles bordées de pelouses où, sur des terrains clôturés de grillages, de jeunes sportifs s'entraînaient au base-ball ou au basket. Au loin, dans un brouillard de pollution, se dressaient à contrejour les buildings de la presqu'île de Manhattan, alimentée par l'entrelacs des autoroutes qui lui injectaient en permanence leur flot de véhicules. Mon taxi longea cette ombre gigantesque, puis s'engouffra soudain dans un tunnel, comme absorbé par les entrailles de la ville. Il refit surface au cœur d'une avenue semblable à un canyon tapissé de façades de verre : j'y entendis la rumeur caractéristique, mêlant hurlements de sirènes, ronflements de moteurs et klaxons intempestifs, qui servait de bande-son à tant de films policiers.

Ce n'était pas mon premier voyage à New York, mais je retrouvais la Grosse Pomme avec le même sentiment de fièvre qui, une heure à peine après mon arrivée, agissait déjà sur moi à la manière d'un cocktail d'amphétamines.

Après avoir remonté la Huitième Avenue et longé Central Park, mon taxi me déposa enfin devant le porche du Dakota.

Je m'étais documenté sur cet immeuble et je savais qu'il abritait des hôtes prestigieux, de Leonard Bernstein à Lauren Bacall en passant par Yoko Ono, la veuve de John Lennon assassiné sur le trottoir même où m'avait laissé mon chauffeur. Je me présentai au portier qui filtrait les visiteurs depuis sa guérite dorée et, après avoir vérifié que mon nom figurait sur son registre, il m'indiqua l'étage. Je pénétrai sous la haute voûte, pensant à *Rosemary's Baby*, le film de Roman Polanski qui y distillait ses maléfices ; décidément, le seul fait de mettre le pied dans ce lieu de légende valait à lui seul le voyage et balayait mes dernières réticences.

Les émotions de l'enfance dorment au plus profond de nous, d'un sommeil de chat, et se réveillent à la première occasion. J'en eus une fois de plus la preuve lorsque je sentis mes yeux s'embuer : redevenu le petit Christian qui gravissait pour la première fois les marches de l'escalier monumental de l'Opéra Garnier, je pénétrais dans un nouveau palais, peuplé de figures mythiques, et je mesurais l'écart immense qui séparait la grille du pavillon dans lequel j'avais grandi de l'imposant porche du Dakota Building.

L'ascenseur d'époque, dont la décoration évoquait un compartiment de l'Orient-Express, disposait de strapontins destinés à rendre la brève montée plus confortable. Lorsque je sonnai à la porte, ce fut Livia F. qui vint m'accueillir.

Elle se montra plus expansive qu'à son ordinaire et me remercia d'avoir accepté l'invitation. L'appartement était immense, haut de plafond et quasiment vide; seuls quelques meubles, çà et là, y apportaient un peu de chaleur. Livia me fit les honneurs des lieux, me conduisant dans le salon où étaient accrochés, comme à Paris, un grand nombre de nus masculins, et au milieu duquel trônait un canapé défraîchi, qui avait appartenu, me dit-elle, à Maria Callas. Elle tint également à me préciser que le papier peint aux motifs japonais qui tapissait les murs de la salle à manger avait été offert à son ami Rudolf par Jackie Kennedy.

Livia savourait ces noms célèbres, dont le prestige rejaillissait sur elle, et je n'étais pas loin d'en faire de même, quand je pensais aux appartements qui nous entouraient, dont chaque occupant était une légende. Elle se faisait la guide enthousiaste de la demeure, et je finis par trouver touchante la vénération qu'elle portait à son idole : là était à l'évidence sa raison de vivre.

Depuis les hautes fenêtres on apercevait les frondaisons des arbres de Central Park et la foule bariolée de joggers, cyclistes et patineurs qui, dans les allées ombragées, s'y livraient à leur occupation favorite.

Dans le couloir qui desservait les chambres, Livia me désigna celle de Rudolf Noureev, qui jouxtait la sienne, ainsi que celle du docteur C., et m'accompagna jusqu'à la mienne : vaste et spartiate, elle ne comportait qu'un lit et une commode. J'y déposai mes affaires, avant que mon guide me conduise à la cuisine, où deux jeunes hommes en survêtement ainsi qu'une jolie blonde aux cheveux courts étaient attablés autour d'une cafetière fumante. Elle me les présenta brièvement : les garçons étaient danseurs dans la compagnie, la jeune femme, Alice, était la répétitrice du Ballet de l'Opéra. Sur un grand cahier elle prenait des notes, ponctuées de dessins indéchiffrables, et m'expliqua qu'elle travaillait sur un système de notation chorégraphique à la demande de Rudolf Noureev ; ils s'éclipsèrent très vite et partirent tous trois rejoindre ce dernier au Lincoln Center.

Nous étions invités à l'y retrouver un peu plus tard, ajouta Livia.

Sur le plateau, vêtu d'un sweat-shirt informe, un bonnet sur la tête et les jambes enveloppées d'un collant de laine multicolore, Rudolf Noureev commandait à une armée de tutus argentés, et j'entendais, au ton de sa voix, qu'il n'était pas satisfait de leur prestation. Il s'en entretenait avec son assistante Alice qui, courant de l'une à l'autre, transmettait les indications du maître aux ballerines, tout en corrigeant certaines de leurs positions. Le silence qui accueillait ses remarques témoignait du respect qu'il inspirait, et tous, des artistes jusqu'aux techniciens, semblaient suspendus à ses ordres.

Dans l'immense salle du Metropolitan Opera, Livia F., le docteur C. et moi-même assistions à la fin de la répétition du gala. Installé dans un fauteuil des premiers rangs de l'orchestre, je contemplais l'écrin mordoré, surmonté d'une multitude de lustres de cristal, qui allait servir de cadre au spectacle. Les rangées de fauteuils étaient vides pour la plupart, seules quelques-unes d'entre elles étaient occupées par les privilégiés admis à la répétition. Le plateau était nu, baigné de la lumière crue des éclairages de service qui se reflétait dans la salle, me permettant d'apercevoir les invités. Deux rangs devant nous, un homme aux cheveux blancs et une femme coiffée d'un turban attirèrent mon attention : je reconnus, malgré leur âge avancé, les vedettes d'*Un américain à Paris*, Gene Kelly et Leslie Caron. Livia me murmura à l'oreille que le couple emblématique allait présenter le gala du lendemain, puis elle me désigna, un peu plus loin, Mikhaïl Barychnikov en grande conversation avec la chanteuse Barbara, venue spécialement de France pour chanter pendant que le rival de Rudolf Noureev improviserait une chorégraphie sur ses plus grands succès ; ravie de tenir auprès de moi le rôle de mentor, elle attira enfin mon attention sur une impératrice africaine à la chevelure ébouriffée : Jessye Norman, l'immense cantatrice, attendait pour répéter avec l'orchestre les lieder de Gustav Mahler qui accompagneraient *Les Chants du compagnon errant*, le ballet de Maurice Béjart que Rudolf devait danser avec Charles Jude, son étoile préférée de l'Opéra de Paris.

L'émerveillement continuait, et l'excitation que je ressentais ressemblait à celle de ma jeunesse quand, impatient d'obtenir un autographe, j'attendais mes idoles à la sortie des artistes. Ce voyage à New York me faisait remonter le temps : j'y retrouvais intacte ma fascination d'adolescent pour les célébrités.

À la demande de Rudolf Noureev, l'orchestre attaqua de nouveau les premières mesures de *Raymonda*, et le désordre du plateau sur lequel les danseuses s'échauffaient et discutaient entre elles laissa place aussitôt à une rigoureuse géométrie. Bras et jambes à l'unisson y dessinèrent des figures complexes, réglées au millimètre par le danseur, qui se doublait d'un chorégraphe pointilleux. Aidé par Alice, ce dernier veillait au respect de chaque port de bras, repérait le plus infime décalage dans les lignes, criait soudain une correction, tapant férocement du pied une cadence sur le sol pour en imposer le rythme. Là où je ne voyais que perfection et harmonie, Rudolf Noureev, détectant la moindre faille, le moindre défaut d'alignement, criait des ordres en anglais, en russe ou en français, ponctuant ses mécontentements par des « *pisda !* » retentissants.

Lorsque nous le rejoignîmes sur le plateau à la fin de la répétition, ruisselant et le souffle court, il nous demanda de l'attendre un instant ; une petite femme très maigre et très élégante, au brushing impeccable, se précipitait vers lui pour l'embrasser : je reconnus Nancy Reagan. Il échangea quelques mots avec elle avant de venir nous saluer, ne m'accordant aucune attention particulière, comme si ma présence en ces lieux, à des milliers de kilomètres de mon cabinet, allait de soi.

La journée l'avait épuisé et, sur les conseils du docteur C., il nous annonça qu'il rentrait directement au

Dakota ; nous nous verrions au petit déjeuner. Le jeune médecin déclara qu'il allait l'accompagner ; voulant me montrer aimable mais certain qu'elle allait refuser, je proposai à Livia de dîner avec elle. À ma surprise, elle parut enchantée et me dit qu'elle connaissait l'endroit où l'on dégustait la meilleure viande de New York. Son attitude à mon égard avait radicalement changé ; diserte et chaleureuse, elle était sans doute rassurée que son ami Rudolf n'ait pas souhaité se retrouver seul avec moi.

Gallaghers, le restaurant qu'elle me fit découvrir, tint ses promesses : l'établissement était prestigieux et fréquenté par le gratin new-yorkais. Dès l'entrée, une baie vitrée permettait de contempler le spectacle d'innombrables pièces de bœuf stockées et numérotées, comme dans la cave d'un vignoble réputé. Nous commandâmes une côte chacun, et la viande se révéla en effet d'une qualité insurpassable, accompagnée d'une bouteille de vin californien dont Livia abusa au point d'en venir très vite aux confidences.

Les yeux brillants, elle commença par me dire à quel point Rudolf était satisfait : il était d'excellente humeur, rassuré par l'accueil qui lui était réservé. La presse ne tarissait pas d'éloges à son sujet, le gala serait à n'en pas douter un immense succès et ce tourbillon semblait lui faire oublier les soucis qui l'accablaient à Paris. Je m'interrogeais alors sur la nécessité de ma venue et m'en inquiétai auprès d'elle ; sa réponse me confirma que j'allais jouer les utilités :

— Je connais bien Rudolf, il ne fera pas forcément appel à vous, il est juste important pour lui que vous soyez là.

Elle savait en effet de quoi elle parlait ; deux heures plus tard, à la faveur de quelques verres supplémentaires, j'apprenais qu'elle occupait toutes les fonctions auprès de son grand homme, suivant les besoins de ce dernier, sans être la titulaire d'aucune. Agent artistique, chauffeur, gouvernante ou secrétaire : manquait à cet inventaire la seule place qu'elle convoitait vraiment, celle de maîtresse. Indispensable à un moment, invisible à un autre, mais proche en permanence de l'objet de sa dévotion, elle se satisfaisait de cette position. Rudolf Noureev était l'amour de sa vie, m'avoua-t-elle, elle en espérait en vain la réciproque ; il la maltraitait souvent mais la compagnie d'un tel homme méritait tous les sacrifices. Puis, en veine de confidences, elle me raconta l'un de ses grands souvenirs : un bal masqué à Venise où le danseur incarnait un Arlequin et lui avait demandé d'être, non pas sa Colombine, mais son Pierrot. Ce soir-là, travestie en garçon, elle m'avoua qu'elle avait cru possible une véritable relation amoureuse avec lui quand il avait proposé de lui faire un enfant, éventualité qu'elle avait refusée, tint-elle à préciser, se doutant qu'elle ne serait qu'une mère porteuse... Sur cette question leurs deux versions différaient largement, mais j'étais tenté de privilégier celle de Noureev.

Peu de temps après, elle s'effondrait en larmes après avoir fait le bilan d'une vie consacrée à son idole, qui ne lui avait permis aucune autre attache sentimentale, encore moins de fonder la famille dont elle rêvait. Sûr de sa réponse, je lui demandai cependant si elle regrettait ce choix :

— Pas une seconde, m'affirma-t-elle, catégorique, en se tamponnant les yeux.

Une fatigue contre laquelle je ne pouvais plus lutter pesait sur mes paupières, à laquelle s'ajoutait une désillusion : j'avais fait ce voyage de quelques jours pour soutenir Rudolf Noureev et c'était Livia qui faisait appel à mes capacités d'écoute…

Il était très tard lorsque nous rentrâmes au Dakota, et la maisonnée semblait endormie. Épuisé par le décalage horaire, je ne tardai pas à sombrer dans le sommeil, mais j'en fus tiré peu de temps après par des murmures, des allées et venues et des grincements de portes. Cette agitation me laissa supposer, chez les occupants de l'appartement, une activité nocturne assez intense dont quelques gémissements m'indiquèrent la nature.

Le lendemain matin, lorsque j'émergeai d'un sommeil sans rêves, la maison était silencieuse. Je me dirigeai vers la cuisine. Alice, un café devant elle, y était penchée sur son cahier où dansaient de minuscules silhouettes crayonnées qui composaient les caractères d'un mystérieux alphabet. Elle m'offrit une tasse du breuvage insipide qui bouillottait dans un récipient et me demanda de lui faire part de mes impressions sur la soirée.

Je lui dis mon éblouissement face au travail des danseurs et, encouragé par son regard bienveillant, lui fis part de mes doutes quant à l'utilité de ma présence. Elle eut un sourire narquois :

— Difficile de dire non à Rudolf, n'est-ce pas ? Et pourtant il aime qu'on lui résiste…

De ce point de vue, je n'étais pas sûr d'avoir fait mes preuves. Elle m'annonça que le maître de maison était déjà parti au Lincoln Center, pour la classe ; quel que fût l'endroit du monde où il se trouvait et aussi agitée fût sa nuit, il ne changeait rien à sa discipline. Je n'aurais pas l'occasion de m'entretenir avec lui, ce jour-là ; la proximité du gala allant l'occuper en permanence, je pouvais flâner toute la journée. Alice m'avait annoncé le programme de la soirée : nous nous donnerions rendez-vous devant l'entrée des artistes pour y récupérer nos places et assister au gala, à la fin duquel un cocktail était prévu au Dakota. En ce qui concernait ce dernier point, Livia s'occuperait de tout.

Il était impossible de s'ennuyer à Manhattan, et même si jouer les touristes ne faisait pas partie des priorités de mon voyage, je ressentis pourtant le même plaisir qu'à chacun de mes séjours. À la fin d'un après-midi qui m'avait mené du Guggenheim à la Frick Collection, je décidai de faire une halte dans Central Park. Je choisis un de ces endroits isolés où collines et végétation abritaient le visiteur des rumeurs de la ville, lui laissant à peine entrevoir, à travers la cime des arbres, la flèche d'un gratte-ciel. Je m'y assoupis, bercé par le chant des oiseaux et chatouillé de temps à autre par les moustaches d'un des nombreux écureuils, familiers des lieux, qui venait flairer ma main. Quand je m'éveillai, il était plus que temps de rentrer me préparer pour assister au gala.

Livia s'affairait dans la cuisine, où s'empilaient les cartons des traiteurs qui avaient livré les provisions pour le buffet de l'après-spectacle. Elle se plaignit de n'avoir pas eu une seconde pour se faire belle et se précipita vers sa salle de bains.

Les rideaux tirés maintenaient l'appartement dans une demi-obscurité; dans le couloir qui menait à ma chambre, je croisai un grand garçon en peignoir blanc que je n'avais pas encore remarqué parmi les hôtes; j'apprendrais plus tard par Livia qu'il s'agissait d'un jeune Danois sous le charme duquel Rudolf était tombé et qu'il rêvait de nommer étoile de l'Opéra, bravant toutes les conventions de la maison. Les origines du danseur, ainsi que sa ressemblance avec Erik Bruhn, lui avaient inspiré ce projet qui lui aurait permis de retrouver sur scène le reflet de son prince du Danemark. La longue silhouette me salua d'un discret signe de tête et s'éloigna, ombre pâle qui me donna l'impression d'être l'invité d'une maison peuplée de fantômes.

Le gala fut une réussite totale, auquel le public new-yorkais, beaucoup plus expansif que le parisien, réserva une *standing ovation*. Rayonnant, entouré de toute la troupe de l'Opéra à laquelle s'ajoutaient de nombreux *guests*, Rudolf Noureev ouvrait les bras à une salle d'où pleuvaient les innombrables roses qui recouvraient le plateau d'un tapis écarlate.

Le spectacle avait été éblouissant, chacun rivalisant sur scène de virtuosité et d'éclat. Le Ballet de l'Opéra, conscient de l'enjeu que représentait cette tournée, s'était surpassé et Rudolf Noureev en était la vedette incontestable. Le voyant se jouer des difficultés de la chorégraphie dans les variations de *Raymonda*, je sentis qu'il avait abandonné dans sa loge fatigue et douleurs avec ses habits de ville et retrouvé sa jeunesse dans le pourpoint argenté qui faisait de lui pour un soir le prince invulnérable du Metropolitan Opera. Qui pouvait imaginer ce que cachait cette danse triomphante, tenant à distance les ombres et la menace qui circulait dans son sang? Je ressentis une fierté presque enfantine à me savoir dépositaire de ce secret ignoré d'une salle debout, qui ne se lassait pas de rappeler la star dans des applaudissements sans fin.

Que ce soit celle du chorégraphe ou de l'interprète, la présence magnétique de Rudolf Noureev exerçait son pouvoir sur le public, j'en étais une fois encore le témoin.

Mais ce fut dans *Les Chants du compagnon errant* que Rudolf Noureev me fit éprouver ma plus grande émotion. Le long pas de deux entre un maître et son disciple, dans lequel se nouaient jeux de pouvoir et de séduction sur les lieder crépusculaires de Mahler, fut un moment unique. Sur les dernières mesures, après que se fut tue la voix sublime de Jessye Norman, Rudolf Noureev s'éloignait, emporté vers le fond de la scène par son jeune partenaire : devenu sa part d'ombre, Charles Jude, son double aux traits asiatiques, se saisissait de sa main et l'entraînait vers l'oubli. Le public retenait son souffle, bouleversé par les accents de cette marche funèbre, par l'appel de ce bras tendu vers la salle et par la détresse de ce regard tourné vers hier.

Gustav Mahler, Maurice Béjart et Jessye Norman avaient offert au danseur épuisé ces inoubliables «Tänzertotenlieder», et je savais quelle douleur se cachait pour Rudolf Noureev derrière cet adieu chorégraphique.

Sur le plateau, je ne pus l'approcher tant le groupe qui l'entourait était compact. Je me résignai à quitter les lieux sans avoir pu lui faire part de mon émotion, pensant que l'occasion m'en serait donnée plus tard, au cours de la réception au Dakota. La horde des spectateurs qui l'attendait obstruait la sortie des artistes ; avec beaucoup de difficulté, je dus me frayer un passage à travers une nuée de nœuds papillons et de robes aux couleurs criardes, lesquelles enveloppaient comme des emballages de confiseries les silhouettes souvent imposantes des admiratrices américaines du danseur.

Une foule d'inconnus déambulait de pièce en pièce, un verre à la main, dans l'immense appartement du Dakota, pendant que Livia se faufilait entre *tuxedos* et robes longues pour s'assurer du bon déroulement de la soirée. Une surprise de taille attendait cependant les invités : manquait à cette réception celui à qui elle était dédiée. Sans doute convié à un prestigieux dîner en compagnie des sponsors qui avaient financé le gala, Rudolf Noureev brillait par son absence et n'en avait à l'évidence averti personne, pas même Livia. Je me fis la réflexion que c'était à ce comportement que l'on reconnaissait une véritable star, dont les attitudes imprévisibles – qui auraient dû paraître grossières – devenaient au contraire fascinantes pour le public et la presse à scandale.

J'avais bavardé un moment avec le docteur C. qui m'avait confirmé que la joie de son patient devant l'accueil américain lui avait provisoirement redonné du tonus. Comme moi, il avait été très peu sollicité par son patient depuis leur arrivée aux États-Unis, mais il

136

m'assura qu'il nous fallait rester vigilants. Accaparé par des collègues médecins new-yorkais présents ce soir-là, il m'abandonna à ma solitude.

Ne connaissant aucun des autres invités, je m'étais réfugié auprès de l'une des baies vitrées pour contempler la ville insomniaque qui scintillait au-delà des frondaisons du parc. Une coupe de champagne à la main, je repensais à la phrase inaugurale de Rudolf Noureev, prononcée lors de notre premier rendez-vous, *Ona ne ouznala menya... she did'nt recognize me,* et à la quête insatiable du danseur dont le récit avait occupé nombre de nos séances. L'aboutissement de cette dernière expliquait, à n'en pas douter, le mieux-être de Noureev ; en le reconnaissant, la nation américaine venait de lui offrir ce que ni sa mère, ni sa patrie d'origine ne lui avaient accordé. Là était pour Rudolf Noureev le véritable enjeu de cette tournée.

Je fus distrait de mes réflexions par une présence à mes côtés : Alice, que je n'avais pas encore aperçue dans l'assemblée, était venue me rejoindre ; elle tendit sa coupe vers moi et, la choquant contre la mienne, ironisa :

— Vous cherchez le maître des lieux ? Je pensais que vous le connaissiez mieux ! Il aime se faire attendre, désirer, il apparaîtra au moment où nous l'attendons le moins. Être là, tout de suite, avec nous ? Ce serait répondre à notre demande... vous n'y songez pas !

Nous passâmes le reste de la soirée ensemble, évoquant nos parcours respectifs. Elle me décrivit les obstacles qu'une jeune danseuse doit surmonter, depuis l'école de danse de l'Opéra jusqu'à son entrée dans la compagnie, les heures d'entraînement et la discipline implacable. Elle me raconta comment Rudolf Noureev, lorsqu'il avait pris la direction de la compagnie, lui avait confié le poste de répétitrice, l'envoyant en mission dans le monde afin de remonter ses chorégraphies.

— Avec Rudolf, il ne suffit pas d'avoir la compétence, il faut aussi avoir du tempérament, il méprise ceux qui s'aplatissent devant lui, même s'ils ont l'impression que c'est ce qu'il désire. Il aime la bagarre, et si vous l'emportez, vous gagnez son estime.

Le caractère emporté des Tatars ! Je souriais en imaginant cette petite femme énergique opposer sa détermination à celle du directeur du Ballet, et je l'interrogeai sur ce qui, selon elle, avait amené Rudolf Noureev à la choisir.

— J'ai refusé de rapiécer ses vieux chaussons de danse !

Devant mon expression ahurie elle éclata de rire :

— Je vous assure qu'il me l'a demandé, comme à d'autres danseuses ! Mais, contrairement à elles, j'ai tenu bon. Je ne sais ce qui l'emporte chez lui de son attachement à ses vieilles affaires... ou de son sens aigu de l'économie ! Jamais je ne l'ai vu mettre la main à la poche !

Je dus reconnaître qu'il ne m'avait pas toujours été facile de le faire payer : le grand Rudolf avait à l'évidence conservé quelques réflexes du petit Rudik, souvenirs de l'époque misérable d'Oufa.

Elle redevint sérieuse :

— Je crois plutôt qu'il a été intéressé par le fait que j'apprenais et mémorisais très vite. Il est sensible à la rapidité, il a horreur de perdre du temps, de ne pas être compris sur-le-champ quand il montre des pas... et je savais les transmettre aux danseurs. Je dois aussi avouer que j'ai du caractère !

— On dit souvent qu'on a du caractère quand on a mauvais caractère !

Elle éclata de rire :

— C'est un peu vrai en ce qui me concerne ! Mais ça n'a pas dû déplaire à Rudolf, c'est un trait de personnalité qui nous rapprochait !

Isolés du reste des convives, nous prenions plaisir à partager ce moment, même lorsque la conversation languissait et que nous restions silencieux à contempler la ville qui palpitait à nos pieds. L'heure avançait, certains invités commençaient à s'éclipser et le maître de maison n'avait toujours pas fait son apparition. Livia, sans doute intriguée par notre conversation et désireuse d'en apprendre davantage, se joignit à nous. Elle n'avait aucune idée de l'heure à laquelle Rudolf Noureev ferait son entrée, ni même s'il la ferait, mais habituée aux caprices de son ami, elle ne s'en émouvait pas particulièrement.

Alice étouffa un bâillement et nous annonça qu'il était grand temps pour elle de s'éclipser : d'autres spectacles allaient succéder au gala et les répétitions reprenaient le lendemain, il lui fallait retrouver des forces. Je regardai s'éloigner sa jolie silhouette, fine et tonique, tout en pensant que j'aurais volontiers prolongé ce moment d'intimité avec elle.

L'assistance était maintenant clairsemée, je me fis resservir une coupe de champagne et m'installai sur le grand canapé, libéré de ses occupants. J'étais absorbé par mes souvenirs du gala et j'en revivais les grands moments quand une main se posa sur mon épaule. Je sursautai : Rudolf Noureev était assis à côté de moi, un verre de vodka à la main. À peine remis de ma surprise, je me préparai à le féliciter mais il ne m'en laissa pas le temps et, comme s'il reprenait une conversation de la veille, s'adressa à moi pour me soumettre une question qu'il se posait depuis longtemps : pourquoi la plupart de ses admiratrices les plus fidèles étaient-elles obèses ?

Je ne m'étais préparé ni à cette soudaine arrivée, ni à improviser sur ce genre de sujet ! Avec la star, l'inattendu était toujours au rendez-vous. Nous observant, les quelques invités qui bravaient la fatigue se tenaient à distance, en un cercle respectueux. Je ne pus m'empêcher d'en ressentir une certaine fierté. Il ne devait pas en être autrement à Versailles, quand le roi danseur arrêtait sa promenade dans la galerie des Glaces pour s'entretenir quelques instants avec l'un des membres de la Cour. L'heureux élu s'assurait ainsi le respect des courtisans dont la plupart auraient donné beaucoup pour être à sa place.

Sa requête m'avait cependant pris de court, d'autant que Rudolf Noureev, flatteur, avait ajouté qu'il me jugeait le mieux placé pour y apporter un éclairage.

Il eut un petit rire :

— Quelquefois, quand elles m'attendent devant *stage door*, j'ai l'impression que ces *groupies* vont me dévorer !

Sous le coup de l'étonnement, et sans doute étourdi par le cocktail d'alcool et de fatigue, je lui répondis que j'allais réfléchir à sa question. Mieux encore, dans mon trouble, je lui promis d'écrire un petit texte sur le sujet inattendu qu'il me proposait. Cette fois-ci nous n'étions plus en train de nous éloigner de la relation thérapeutique, nous en étions aux antipodes !

Le lendemain, sachant que le danseur serait indisponible, je me rendis de nouveau dans l'îlot de tranquillité que j'avais déniché au cœur de Central Park, muni d'un bloc et d'un stylo, dans l'intention d'y rédiger le petit texte promis. De temps à autre le souffle rythmé d'un joggeur ou la visite d'un écureuil sur le dossier de mon banc me distrayait de ma réflexion. Je m'arrêtais alors un instant, le stylo suspendu au-dessus de ma feuille : dans mon empressement à répondre à la demande de Rudolf Noureev je retrouvais, derrière le spécialiste explorant une question inédite, l'enfant soucieux de plaire à son maître, celui que je pensais avoir laissé loin derrière moi. Anxieux de savoir ce qui allait l'amuser ou l'intriguer, j'imaginais le danseur en train de me lire et j'avais hâte, en bon élève, de lui remettre mon devoir.

Son empire sur moi prenait décidément d'inquiétantes proportions, il était temps que je rentre à Paris pour y retrouver mes esprits.

Rudik, l'autre Noureev

Quelques heures plus tard j'avais terminé mon texte, auquel j'avais donné la forme d'une lettre, que je relus avant de le lui remettre.

Cher Rudolf Noureev,

C'est sans doute par les Américains que vous êtes le Russe le plus fêté, histoire d'amour passion où, depuis votre fameux saut vers la liberté, la symbolique du rideau de velours a épousé celle du rideau de fer. Il faut avoir vu ces cohortes de groupies, ces regards d'adoration, mais surtout il faut avoir vu ces files de spectatrices, dont chacune pèse au moins trois fois votre poids, guetter vos apparitions devant la stage door!

Ces Vénus callipyges vouent à Apollon un culte qui peut devenir sujet de réflexion souriante pour le psychanalyste. Plusieurs hypothèses lui viennent alors à l'esprit, soutenues par la théorie freudienne.

La première serait d'imaginer que la corpulence de ces vestales n'est pas le fruit d'un malheureux hasard hormonal, mais bien le résultat d'une frustration affective, compensée par une boulimie. Cette dernière viendrait vous remplacer, dans une équivalence inconsciente – vous, leur impossible objet d'amour –, par une série de plats succulents et de pâtisseries vertigineuses. Vous confirmez d'ailleurs vous-même cette impression terrifiante lorsque vous imaginez que vos volumineuses admiratrices vont, à chacune de vos apparitions, se précipiter pour ne faire de vous qu'une bouchée!

La doctrine psychanalytique, on le sait, attribue à la plupart des désordres psychiques une origine d'ordre sexuel : le symbole masculin du danseur échappant sans cesse à sa capture par la vertu de quelque grand jeté peut donc devenir pour ses admiratrices l'archétype de l'homme à consommer de suite.

Une autre hypothèse consisterait à avancer que, à l'aide de leurs kilos pléthoriques, ces Américaines se protègent de tout

143

rapprochement sexuel. Elles se retrancheraient ainsi, dans un corps élevé aux dimensions d'une citadelle imprenable, à l'abri du sexe opposé, considéré par elles comme menaçant. Dans cette logique, choisir pour élu un homme comme vous, aussi éloigné d'elles que peut l'être une inaccessible étoile, les amène à se sentir libres d'aimer enfin, passionnément et sans risque pour leur équilibre psychique.

Encore une tentative d'explication : par leur ampleur même, ces femmes évoquent une image nourricière, dont les formes débordantes symbolisent un trop-plein de tendresse maternelle. Que cette tendresse soit dirigée vers une icône de la danse n'est sans doute pas innocent. Il paraît vraisemblable que le cœur de ces matrones ait instinctivement perçu ce que cette image prestigieuse cache de fragilités et de blessures. Que leur cœur, aussi bien que leur corps, se mobilise pour celui qui mène son art au bord de la rupture n'aurait donc rien de surprenant...

Freud nous a appris que le refoulé – pensées inavouables, désirs interdits – cherche à forcer la barrière qui le sépare de la conscience. La dernière hypothèse, la plus souriante, consisterait alors à imaginer que ces femmes de poids matérialisent, par leur arrivée en masse, le retour de votre refoulé : en effet, ne passez-vous pas, comme tout danseur, le plus clair de votre carrière à réprimer toute tentation alimentaire qui nuirait à votre ligne, à éloigner de vous toute éventualité de prise de poids ? Et voici que, réincarnés dans la troupe des fidèles et volumineuses admiratrices, vos kilos écartés font retour !

Une fois rentré dans ma chambre du Dakota, je mis ma lettre sous enveloppe et la glissai sous la porte de sa chambre.

J'avais quartier libre. Le docteur C. m'avait annoncé qu'il se retirerait en fin de journée dans sa chambre pour préparer la conférence à laquelle il devait participer la semaine suivante à Washington, consacrée à l'évolution de cette maladie et à ses perspectives de traitement. Au vu du calme qui régnait dans l'appartement, je compris que les autres occupants étaient déjà partis au Metropolitan pour la répétition du soir.

Je sortis du Dakota et mes pas me menèrent, comme malgré moi, sur l'esplanade du Lincoln Center. Assis sur la margelle du bassin, je m'y attardai, contemplant les fresques de Chagall qui ornent le hall du Metropolitan. Je profitais de la douceur de cette fin d'après-midi, quand soudain je le vis : il passa non loin de moi, se dirigeant d'un pas lent vers l'entrée des artistes. Apparut une femme, silhouette imposante enveloppée dans un jogging fluorescent, qui tenait une rose à la main. Arrivée à sa hauteur, elle la tendit au danseur avec un large sourire : il s'en saisit, sans même s'arrêter. Je ne voyais que son dos, mais j'étais sûr qu'il avait accepté ce cadeau sans rendre son sourire à la femme. L'avait-il seulement remerciée? Les bras ballants, elle le regarda s'éloigner.

La porte de la *stage door* s'était refermée sur lui et, me demandant si ma lettre allait recevoir le même accueil que la rose de l'admiratrice, je me décidai à poursuivre ma promenade. Les néons de Times Square et les ampoules clignotant au fronton des théâtres de Broadway trompèrent ma solitude. Je marchais le nez au vent, attiré par les affiches des comédies musicales et bousculé par la foule qui circulait en un flot ininterrompu sur les trottoirs, s'attroupant parfois devant des spectacles de rue. Après avoir acheté un hot dog à un marchand ambulant, j'assistai à un tournoi de break dance, qui opposait deux troupes dynamiques vêtues de jeans et de tee-shirts, dont les acrobaties défiaient les lois de la gravité. Contrairement aux danseurs que j'avais admirés la veille, ceux-ci exécutaient leurs pirouettes sur un bras tendu ou même sur la tête!

Deux jours de vertige qui m'avaient paru une semaine… Je n'avais pas, comme je l'avais espéré, recueilli de nouvelles confidences de celui pour qui j'avais traversé l'Atlantique, ni eu l'occasion de lui offrir réellement mon secours, mais j'allais rapporter de ce bref séjour quelques inoubliables souvenirs. La répétition au Lincoln Center en compagnie de stars du

cinéma, de l'opéra et de la danse, l'atmosphère sur-
voltée du gala, l'apparition irréelle de Rudolf Noureev
au cocktail du Dakota; ces moments se bousculaient
dans mon esprit en une ronde étourdissante. Au cœur
de ces images se détachait celle d'Alice : notre longue
conversation avait créé une véritable complicité entre
nous, ce qui ne m'était pas arrivé depuis bien longtemps, et je me promis de ne pas partir sans lui avoir
demandé ses coordonnées.

Quant à Rudolf, ces quelques jours à graviter dans
son orbite, s'ils n'avaient pas contribué à l'avancée de
la cure, m'avaient en revanche apporté des émotions
artistiques que je n'avais jamais encore connues. Je
n'embarquerai pas le lendemain pour Paris sans avoir
fait le point avec lui… et certainement pas sans avoir
entendu ses commentaires sur mon texte!

Je me laissai emporter par les mouvements de la
foule, songeur, les yeux rassasiés par les couleurs des
publicités qui éclaboussaient les façades. L'une d'entre
elles vantait les mérites de la *Budweiser,* et la formule
beer's star y éclatait en gerbes mousseuses. *Star…* dans
ma rêverie, les lettres se mirent à danser, échangeant
leurs places dans un ballet improvisé pour créer de
nouveaux mots :

La Star
Des Arts
Règne en Tsar

Tatar
Sur les petits Rats...

C'est avec ce refrain en tête que je m'engageai sous le grand porche du Dakota dont l'ombre mystérieuse m'engloutit.

Le lendemain matin, jour de mon départ, Alice était seule dans la cuisine, ainsi que je l'espérais, penchée sur ses hiéroglyphes. Son sourire m'accueillit, et sous le regard de ses yeux verts je ressentis le même trouble que l'avant-veille. Lorsque je lui en fis la demande elle nota sans hésiter son numéro de téléphone sur l'une des pages vierges de son cahier, la déchira et me la tendit en disant qu'elle aurait plaisir à me revoir. Je lui promis de l'appeler sitôt qu'elle serait rentrée de la tournée.

Elle m'annonça que Rudolf Noureev était dans sa chambre, en compagnie du docteur C., et souhaitait que j'aille les y rejoindre. J'avalai quelques gorgées de l'insipide café américain et me dirigeai vers le couloir. Je n'étais encore jamais entré dans la chambre du danseur et j'y découvris un immense lit à baldaquin, sur lequel il était étendu dans une djellaba brodée de fils d'or. Assis à côté de lui, le jeune médecin prenait sa tension, après quoi il lui tapota l'épaule, du même geste rassurant qu'il avait eu dans la loge de l'Opéra où je l'avais rencontré pour la première fois.

— Le vieux cheval encore en forme ! plaisanta Rudolf Noureev, apparemment de fort bonne humeur. Sur sa table de chevet, je remarquai l'enveloppe déchirée de ma lettre et guettai impatiemment le moment où il allait m'en parler, mais celui-ci se fit attendre.

— Vous êtes content du séjour ? me demanda-t-il aimablement, comme un hôte remerciant un visiteur qui se prépare à prendre congé. Au cours de ces trois jours, nous n'aurions échangé que quelques paroles, à mille lieues de ce qu'il avait pu me confier au cours des mois précédents. Il paraissait apaisé, si différent, et à le voir il était difficile d'imaginer qu'il subissait encore la pression des événements qui l'avaient amené chez moi. Même la menace qui planait sur sa vie semblait s'être éloignée ; je pensai que notre parcours commun allait peut-être s'arrêter là, dans cette chambre du Dakota. Cette perspective m'attristait, mais je m'en consolai en me disant que, tel un chasseur de fantômes, j'avais peut-être accompli, bien qu'en malmenant ma pratique, un travail qui lui avait été profitable.

Le docteur C. nous laissa. Nous échangeâmes encore quelques banalités, mais il ne se décidait pas à aborder le contenu de ma lettre, aussi, n'y tenant plus, je voulus savoir s'il l'avait lue. Il eut un sourire dans lequel la malice le disputait à l'ironie :

— Vous avez oublié quelque chose, vous qui aimez jeu avec les mots…

Je tendis le dos : quelle nouvelle surprise me réservait-il ? Il se redressa sur son lit et, me tendant la main en guise d'adieu, me décocha sa dernière flèche :

— Si admiratrices sont obèses, c'est parce que Rudolf nourrit Ève !

Il éclata de rire. Son calembour – auquel d'ailleurs je regrettais de ne pas avoir songé – prouvait à quel point il maîtrisait, malgré les apparences, les subtilités de la langue française.

Ce serait donc le seul commentaire que je pouvais espérer : Rudolf Noureev aurait toujours le dernier mot.

Sur l'esplanade du Lincoln Center, une admiratrice tendait une rose à celui qui la regardait à peine puis, pensive, le regardait s'éloigner. Comme elle, j'avais déposé mon offrande à l'un de ces narcisses dans le reflet desquels nous nous noyons ; j'avais payé mon tribut au *Compagnon errant*, au fantôme du Dakota.

Je n'étais pas dupe de ce qui avait inspiré mon geste, pure expression d'un *amour de transfert*, et j'étais bien placé pour savoir qu'il était vain d'attendre en retour un commentaire, encore moins une expression de gratitude. Que pouvais-je espérer ? Les idoles sont muettes : la *Star des Arts* n'y faisait pas exception.

Troisième partie

Quelques années plus tard, d'importants change-
ments s'étaient produits dans ma vie professionnelle
aussi bien que personnelle; Rudolf Noureev n'en faisait plus partie et mes autres patients pouvaient de
nouveau être assurés de mon attention exclusive.

Mon intuition ne m'avait pas trompé : depuis la
tournée à New York, il n'avait plus fait appel à moi. Je
savais qu'il avait été remplacé au poste de directeur du
Ballet mais qu'il gardait cependant dans la grande
maison une place honorifique, celle de chorégraphe
principal. J'avais tenté à plusieurs reprises de le joindre
pour m'inquiéter de sa santé mais c'était Livia qui me
répondait, laconique, faisant manifestement barrage et
m'assurant que tout allait pour le mieux : son ami
souffrait seulement d'une légère fatigue qui l'amenait
maintenant à envisager de diriger des orchestres, une
passion qu'il s'était découverte depuis peu. Le docteur C., quant à lui, n'essayait pas de me donner le
change et les nouvelles qu'il m'avait transmises étaient
alarmantes : selon lui, l'espérance de vie de Rudolf
Noureev était extrêmement réduite.

Après tout ce temps, ma rencontre avec le danseur demeurait cependant ineffaçable, d'autant que son invitation à New York avait brisé ma solitude : lorsque se terminait ma longue journée de consultations, je pouvais enfin dire que je rentrais chez moi, puisque dorénavant quelqu'un m'y attendait.

Alice ne travaillait plus à l'Opéra de Paris, dont elle avait démissionné. Comme autrefois à la Cour, on ne lui pardonnait pas d'avoir été la favorite et on le lui avait fait sentir de façon cruelle. Depuis qu'elle n'était plus sous la protection de son illustre patron, on la maintenait à l'écart de toutes les productions prestigieuses.

En ce printemps 1992, un coup de téléphone, encore une fois, décida d'un changement dans le cours de mon existence : le maître de ballet de l'Opéra de Paris demandait à Alice si elle acceptait de reprendre exceptionnellement du service pour seconder Rudolf Noureev qui voulait monter, pour la première fois en France, l'intégrale de *La Bayadère*, dont la première était prévue à l'automne. Il lui affirma qu'il faudrait une solide équipe de répétiteurs pour s'atteler à cette production s'annonçant grandiose, d'autant que la santé du chorégraphe était on ne peut plus chancelante. Compte tenu des rapports houleux qu'Alice avait entretenus avec l'équipe de l'Opéra après le départ de Noureev, c'était sans aucun doute à la demande de ce dernier que le maître de ballet, à son corps défendant, lui faisait cette proposition. Alice, hésitante, m'interrogea du regard, quêtant un assentiment que je lui donnai aussitôt, tant l'aventure paraissait excitante.

Alice revint bouleversée de son premier jour de répétition. Il lui avait été pénible de franchir à nouveau le seuil d'une maison qui l'avait blessée, mais une autre épreuve l'attendait : elle me décrivit un Rudolf Noureev terriblement amaigri, affaibli au point de ne pouvoir se tenir debout plus de quelques minutes et dirigeant son équipe de répétiteurs depuis un fauteuil installé sur le plateau. Un sanglot dans la voix, elle me rapporta les propos du danseur lorsqu'il l'avait accueillie : *Vous voyez, toujours vivant...*

Je partageais l'émotion d'Alice ; la volonté de Rudolf Noureev lui avait jusqu'alors permis de tenir la menace à distance, mais celle-ci frappait maintenant à la porte. Il lui fallait faire vite, utiliser ses dernières forces pour remonter ce ballet auquel, me dit-elle, il tenait particulièrement.

Quand elle m'en raconta l'intrigue, je fus frappé par une scène dans laquelle le prince dansait avec le spectre de son amoureuse. Mordue par un serpent caché dans un panier par une rivale, celle-ci avait refusé l'antidote qui pouvait la sauver, préférant la mort à la perte de son amour. Le parallèle avec le deuxième acte de *Giselle* semblait s'imposer : encore une fois un prince dansait avec le fantôme de celle qu'il avait aimée, puis abandonnée.

Si pour exprimer la détresse d'Albrecht, l'amoureux de *Giselle*, Rudolf avait puisé dans le douloureux souvenir de sa mère, *La Bayadère,* cette fois, allait lui donner l'occasion de mettre en scène le royaume des ombres et de se construire, avec ce ballet, le plus beau des tombeaux. La production s'annonçait exceptionnelle, Alice avait pu contempler les maquettes d'Ezio Frigerio, le décorateur qui avait réalisé pour Rudolf Noureev le palais de glace du *Lac des cygnes* ; il avait prévu pour *Bayadère* une immense coupole d'inspiration persane, écrin somptueux qui abriterait les amours tragiques de Solor et de Nikiya. Pour elle, il ne faisait aucun doute que ce ballet serait le brillant testament de Rudolf Noureev, mais elle craignait qu'il ne puisse tenir jusqu'à la première, tant son état de faiblesse l'avait alarmée.

Que faire, face à une telle situation ? J'hésitais à rappeler le docteur C., reculant devant les mauvaises nouvelles dont il m'accablerait. Tenter de joindre Rudolf lui-même, sachant que Livia ferait plus que jamais écran entre son idole et moi ? Ce fut un coup de téléphone qui en décida : une femme au très fort accent russe demandait à me parler ; elle se présenta comme étant Roza, la sœur aînée de Rudolf.

— Monsieur Feller, mon frère vouloir parler à vous…

Au cours de nos entretiens, le danseur n'avait jamais évoqué l'aînée de ses sœurs, mais la présence de Roza à Paris, sans doute appelée d'urgence, n'augurait rien de bon. Ainsi donc, Rudolf Noureev souhaitait de nouveau me voir, pressé par une terrible échéance. Je répondis à sa sœur que je viendrais aussitôt que possible, et elle me proposa de rencontrer le danseur le lendemain, jour de repos à l'Opéra, durant lequel il ne bougerait pas de son appartement du quai Voltaire.

Ce fut Livia qui vint m'ouvrir; les larmes aux yeux, elle m'introduisit dans l'appartement. L'atmosphère y était sombre, les persiennes closes maintenaient les pièces dans l'obscurité, comme pour protéger leur occupant de toute agression extérieure. Des ombres féminines glissaient sans bruit, discrètes servantes qui respectaient le silence des lieux. Venues des quatre coins du monde, elles avaient tenu pour Rudolf Noureev, tout au long de sa carrière, le rôle de mères protectrices quand il déposait ses valises dans l'une de ses nombreuses résidences. Il paraissait évident que celle du quai Voltaire serait la dernière, aussi s'étaient-elles donné rendez-vous dans le grand appartement du danseur, réunies pour la première fois afin de lui offrir leur secours.

Me faisant signe qu'il dormait encore, elles m'invitèrent à me rendre dans le salon, pour y partager un thé et des petits gâteaux. À mi-voix et avec un enthousiasme feint, nous parlâmes du spectacle en préparation, et de projets dont nous savions tous qu'ils ne se réaliseraient pas. Une tension palpable régnait entre elles, qui se disputaient l'honneur d'être l'indispensable élue : Livia semblait mener la danse, suivie de près par Roza qui voulait imposer son rôle de sœur aînée.

Livia s'éclipsa au bout d'un moment et revint m'annoncer que Rudolf était réveillé et pouvait me recevoir. La situation ressemblait de façon tragique à celle que le danseur m'avait racontée, lorsqu'en Russie il avait embrassé une dernière fois sa mère, *moya mat.*

Allongé sur son lit, il avait revêtu le kimono de soie orné de dragons dans lequel je l'avais admiré le soir du dîner d'après-spectacle, mais je pus mesurer, à le voir flotter dans les plis de l'étoffe précieuse, à quel point la maladie avait étendu ses ravages. Ses yeux étaient enfoncés, ses pommettes tatares semblaient prêtes à crever ses joues et son visage émacié avait le teint terreux d'un mourant, mais une flamme qui ne se résignait pas à s'éteindre brillait encore au fond de ses orbites creuses. Il me salua comme si nous nous étions quittés la veille et ne fit aucune allusion à son état, encore moins au fait qu'il avait cessé de venir me consulter depuis des années. De ce point de vue, et quelle que fût l'avancée de la maladie, il n'avait pas changé.

Le travail se poursuivrait donc, avec une nouvelle entorse aux règles de la profession puisque je me rendrais à son domicile, ainsi qu'une concession bien involontaire de la part de mon patient : Rudolf

Noureev, qui avait énergiquement refusé de s'allonger devant moi, y était cette fois obligé par la maladie.

Il commença à parler, reprenant le cours de nos séances, comme si elles n'avaient pas connu d'interruption. Ses premiers mots me firent penser à ceux de nos débuts :

— *Margot oumerla…*

Cette phrase, prononcée du bout des lèvres, fit entendre la même nostalgie que son *Ona ne ouznala menya*, la triste mélodie qu'il avait entonnée lors de notre première rencontre. Il inspira, gonflant avec difficulté une poitrine qui soulevait à peine le kimono de soie, et poursuivit :

— *Margot died last year…* Margot est morte l'année dernière…

Avec Margot Fonteyn, il avait perdu la moitié de lui-même, il n'était plus invulnérable : la mort se rapprochait et c'est pourquoi il avait souhaité me revoir.

Il y a corps et esprit, les deux aussi importants pour lutter contre ennemi. Le docteur C. et vous, Feller, tous deux vous allez m'aider dans le combat.

Je repensais à ce qu'il m'avait dit après avoir fait l'aveu du mal qui le rongeait ; le combat touchait à sa fin, l'ennemi était aux portes mais une dernière échéance poussait le danseur à ne pas capituler. Il lui fallait mener à bien son projet pour terminer sa carrière – et sa vie – sur un coup d'éclat : cette somptueuse *Bayadère*.

Comme je le lui avais promis quelques années auparavant, je devais l'assurer de mon soutien.

Chaque soir, au cours des semaines qui suivirent, Alice me racontait la progression du travail sur *La Bayadère*. Les indications de Rudolf Noureev se limitaient à des murmures à peine audibles auxquels l'équipe devait obéir, tentant de deviner et de prévenir les désirs du chorégraphe, le ballet prenait néanmoins forme et serait prêt pour la première.

De mon côté, dans la pénombre de l'appartement du quai Voltaire, j'écoutais les récits du danseur qui se partageaient entre souvenirs et projets, sans que jamais il évoquât directement sa dégradation physique. À l'entendre, il dirigeait d'une main de fer les répétitions de son ballet, faisant à chacun la démonstration des pas qu'il devait accomplir et dansant lui-même certaines des variations pour s'assurer que les étoiles s'imprégnaient de son exemple. Je savais par Alice qu'il n'en était rien, mais il s'agissait de la vérité de Rudolf Noureev.

Tout ce qu'il évoquait devant moi, passé ou avenir, semblait l'aider à tendre vers son objectif, que le présent risquait de rendre inatteignable. *Vous voyez, toujours vivant...* semblait-il m'affirmer, comme à Alice, quand celle-ci était revenue travailler auprès de lui.

Peu à peu, au fil des séances, les souvenirs qu'il ravivait devant moi ne tournèrent plus autour du monde de la danse, mais plutôt de ses quelques incursions du côté du cinéma ou de la comédie musicale. Un jour où il se sentait plus vaillant, au point de me recevoir assis dans son fauteuil, il évoqua son rôle du roi de Siam dans la comédie musicale *The King and I,* dont le titre, pensais-je en souriant, pouvait évoquer notre rencontre : *Le Tsar et moi...*
Au cours de la séance suivante, il me raconta le tournage du film *Valentino,* du réalisateur Ken Russell, dans lequel il incarnait le célèbre séducteur aux cheveux gominés. À cette occasion, il me fit dresser l'oreille quand il m'apprit qu'il devait à la star du cinéma muet, dont sa mère était une admiratrice inconditionnelle, son prénom de Rudolf.
— Film pas fameux, mais je l'ai tourné en souvenir de *moya mat* : elle était amoureuse de l'acteur et ne l'avait dit qu'à moi, mon père Hamet trop jaloux pour supporter l'idée que je sois fils spirituel de Rudolph Valentino !

Moya mat ? Tu sais bien que c'est toujours là, chez « alma mater », que l'on trouve la réponse... Les paroles de mon ami me revinrent à l'esprit : le danseur avait dédié sa carrière à Farida Noureïeva, et c'était encore en hommage à celle-ci que son fils avait voulu incarner à l'écran l'acteur dont elle avait été secrètement amoureuse...

Quelques jours avant la première, nous eûmes une séance éprouvante, et les paroles qu'il y prononça avec peine ressemblèrent à un adieu. Alors qu'il évoquait le spectacle à venir, épuisé par ce travail dans lequel il engageait ses dernières forces, un lapsus lui échappa, qui résonna dans la pénombre de la chambre comme un augure :

— Après *Bayadère* je vais reposer...

Il se reprit :

— Je vais me reposer... enfin.

Alice s'inquiétait de plus en plus de l'état de Rudolf. Le ballet était prêt, les décors et les costumes livrés, et tout le monde s'accordait à dire que cette production serait la plus fastueuse que l'Opéra ait jamais connue. L'angoisse de toute la compagnie tournait cependant autour d'une seule question, que personne n'osait formuler à voix haute : le chorégraphe verrait-il son ballet ?

Cédant à l'insistance d'Alice, je me décidai à appeler le docteur C. qui confirma mes craintes :

— Au début de notre rencontre, Rudolf m'avait fait promettre de toujours lui dire la vérité. Hier il m'a demandé si c'était la fin… Cela ne m'a pas été facile, mais j'ai confirmé.

Je ressentis un choc, même si je savais que l'issue était proche. Apparemment le danseur ne parlait de sa santé qu'à son médecin, et je m'interrogeai sur la façon dont un homme de la trempe de Rudolf Noureev avait pu accueillir une telle nouvelle. J'eus très vite la réponse :

— Ne croyez pas que cette perspective ait adouci son caractère : il m'a dit qu'il voulait diriger l'orchestre de l'Opéra pour accompagner sa *Bayadère*, et quand je le lui ai formellement interdit il s'est mis dans une colère noire. Alors je me suis emporté moi aussi et je lui ai lancé qu'il pouvait bien faire ce qu'il souhaitait après tout, si son désir était de mourir pendant le spectacle. Il a eu beau m'affirmer que cette idée ne lui déplaisait pas, il s'est tout de même rangé à mon avis…

Rudolf Noureev était donc encore capable d'argumenter et de rentrer dans l'une de ses fureurs habituelles si l'on s'opposait à son désir. Cela nous rassura en partie, Alice et moi : il tiendrait jusqu'à la première, il n'allait pas manquer cet adieu au monde de la danse.

Il fut au rendez-vous, en effet, et c'est allongé sur une banquette, dans une loge d'avant-scène, qu'il assista, à peine visible du public, à l'un des plus beaux spectacles que le ballet de l'Opéra ait jamais donné. Je pouvais l'apercevoir depuis le fauteuil de corbeille qu'Alice m'avait obtenu et, tout au long de la soirée, je fus autant fasciné par la splendeur de la production que par le fantôme qu'il était devenu, éclairé par les pupitres de la fosse d'orchestre qui soulignaient l'ossature de son visage.

Le triomphe fut total et la salle ovationna cette *Baya-dère* de légende. Aux derniers accords de l'orchestre, je m'aperçus que Rudolf Noureev n'était plus dans sa loge, et lorsque le rideau se releva, ce fut sur sa silhouette frêle, revêtue d'un habit sur lequel était jeté un châle écarlate : il avait trouvé la force de se rendre sur scène. D'un seul mouvement, la salle se leva, boule-versée par la vision de celui qui fut le plus grand dan-seur de son temps, soutenu par ses danseurs étoiles et entouré par toute la troupe de l'Opéra, s'avançant à pas comptés tel un vieillard fragile mais arborant ce sourire de triomphe qui, sur scène, ne l'avait jamais quitté.

Ce soir-là, au moment des rappels, après l'avoir si souvent pris à témoin des prodiges qu'il accomplissait, Rudolf Noureev offrait à son public, avec le même panache, le spectacle de sa mort imminente.

Il mourut le lendemain de la première de sa *Bayadère.*

C'était du moins ce que j'aurais voulu croire : il n'avait pas survécu à cette apothéose et sa disparition au lendemain de son dernier triomphe ajoutait à sa légende. La réalité, en revanche, m'obligeait à reconnaître que la vie s'était attardée en lui après ce mémorable spectacle : il était resté trois mois dans un état quasi végétatif, dont les deux derniers à l'hôpital.

Après le spectacle, Alice et moi étions rentrés, silencieux et abattus. La satisfaction du travail accompli, l'accueil enthousiaste, toutes ces joies étaient ternies par la vision qui les assombrissait, celle des ravages que la maladie avait provoqués chez Rudolf Noureev.

J'avais téléphoné chez lui le lendemain de la première et Livia, cette fois, ne m'avait pas trompé sur son état : il n'avait plus la force ni de parler, ni de manger. La troupe des bonnes fées qui l'entourait s'était transformée en une équipe d'infirmières qui le nourrissait à la petite cuiller et veillait à son confort, filtrant les appels et interdisant les visites.

Il fallait que je me rende à l'évidence : je n'aurais plus l'occasion de rencontrer mon célèbre patient. Mais Rudolf Noureev avait-il réellement été mon patient?

Le 6 janvier 1993, c'est par la radio que j'appris son décès. Alice était installée au salon, absorbée dans le travail de fourmi qui lui permettait de perpétuer la mémoire du chorégraphe. Les ballets de Rudolf Noureev, par la grâce de son écriture dansante, demeureraient intacts, consignés dans les pages de ses cahiers. M'entendant entrer dans la pièce elle releva la tête et, sans que j'aie à lui annoncer la nouvelle, elle comprit.

Une semaine plus tard, Alice et moi regardions le cercueil de Rudolf Noureev descendre les marches de marbre du grand escalier de l'Opéra Garnier, porté par six danseurs de la compagnie, pendant que résonnaient les accents bouleversants des *Chants d'un compagnon errant*.

Il traversa sous la pluie le parvis luisant du théâtre et partit vers le cimetière russe de Sainte-Geneviève-des-Bois, où l'attendait sa dernière demeure.

Rassemblés dans le hall monumental, petits rats, danseurs et professeurs de la maison lui avaient rendu ce dernier hommage durant lequel hommes politiques, acteurs et chorégraphes avaient lu Pouchkine, Goethe et Rimbaud, avec Bach et Tchaïkovski pour fond musical. Livia, Roza et toutes les bonnes fées qui avaient tenu pour lui le rôle de mères de substitution, avant de veiller sur ses derniers jours, occupaient le premier rang et, à la vue de leurs visages défaits, je me demandai quelle serait dorénavant leur raison de vivre.

Épilogue

Si vous sombrez dans la dépression ou si votre moral vacille, votre entourage vous conseille d'aller voir quelqu'un. Voir quelqu'un, dit-on simplement, dans ce domaine où l'accent est mis sur la rencontre, davantage que sur la spécialité du médecin.

J'étais l'un de ces *quelqu'un*, pour qui la vie avait repris son cours, et les patients se succédaient chaque jour dans mon cabinet où je leur proposais une écoute attentive. Dépositaire de leurs angoisses et de leur mal de vivre, j'appliquais avec eux, tout naturellement, les règles de la profession, mais avec davantage de souplesse et une plus grande liberté d'invention. Curieusement, je recevais moins de demandes de célébrités et plus personne ne parlait de moi comme du confident du Tout-Paris. Était-ce un hasard ou en avais-je moins besoin ? Cette expérience en la compagnie de Rudolf Noureev m'avait marqué plus encore que je ne l'imaginais : avec lui, j'avais vraiment rencontré *quelqu'un*, et je m'étais défait du reste de vanité que satisfaisait autrefois ma clientèle prestigieuse.

Quelques mois après la disparition du danseur, l'existence sereine dans laquelle je m'étais installé m'apportait un équilibre salutaire. Je n'avais plus aucune nouvelle des acteurs de l'aventure dans laquelle Rudolf Noureev m'avait entraîné, jusqu'à ce soir de printemps où je reçus un coup de téléphone du docteur C. :

— Tristan ? Il y a bien longtemps que nous ne nous sommes parlé ! Je vous appelle parce qu'il faut absolument que vous vous rendiez à Sainte-Geneviève-des-Bois, sur la tombe de Rudolf. Le monument est maintenant achevé et il va surprendre le psychanalyste que vous êtes !

Dès le lendemain je pris la route pour le cimetière russe, situé dans la banlieue sud de Paris. Après être passé devant la sépulture de Serge Lifar, qui fut lui aussi directeur de la Danse à l'Opéra, je n'eus aucune peine à trouver celle de Rudolf Noureev, sur laquelle l'œuvre d'Ezio Frigerio, son décorateur en titre, attirait immédiatement le regard. Le docteur C. avait raison : quelques mois après sa mort, Rudolf Noureev me réservait encore une surprise.

Plusieurs années auparavant, j'étais allé rendre hommage à mon père spirituel, Sigmund Freud, en effectuant un pèlerinage à Londres, dans le quartier de Hampstead, où se trouvait la maison qu'il avait occupée après avoir été chassé de Vienne par les nazis. J'avais été très ému d'y découvrir intact le divan sur lequel s'étaient allongés tant de ses patients célèbres. Le meuble fondateur, qui symbolisait à lui seul l'univers de la psychanalyse, était recouvert d'un tapis de nomades qashqai, riche en volutes et en couleurs.

Le docteur C. savait qu'il ferait mouche en me conseillant de rendre visite à la sépulture de son patient ; celle-ci était enveloppée d'une mosaïque représentant un kilim, somptueux tapis qui retombait de chaque côté de la pierre en plis chatoyants. La ressemblance avec le meuble mythique que j'avais contemplé à Londres était frappante et je demeurai songeur, dans la solitude du cimetière désert à cette heure, devant ce monument qui m'évoquait à la fois la danse et la psychanalyse : étais-je devant la tombe de Rudolf Noureev ou devant le divan du docteur Freud ?

Remerciements

Merci à Ariane Dollfus dont l'ouvrage *Noureev l'insoumis* (Flammarion, 2007), par la richesse de ses éléments biographiques, m'a permis de donner à mon roman sa touche de réalité et, je l'espère, ses accents de vérité.

Merci également à Michel Archimbaud pour son amitié fidèle, en souvenir de Roland Barthes et du « silence des idoles ».

Cet ouvrage a été composé par CPI Firmin Didot
et imprimé en France par CPI Bussière
à Saint-Amand-Montrond (Cher)
pour le compte des Éditions Plon
12, avenue d'Italie Paris 13^e
en février 2015

Imprimé en France
Dépôt légal : janvier 2015
N° d'impression : 2014502